담덕사랑 장편소설

FUSION FANTASTIC STORY

삼국지 더 비기닝 6

담덕사랑 장편소설

초판 1쇄 찍은 날 § 2017년 8월 8일
초판 1쇄 펴낸 날 § 2017년 8월 15일

지은이 § 담덕사랑
펴낸이 § 서경석

편집책임 § 신보라

펴낸곳 § 도서출판 청어람
등록번호 § 제387-1999-000006호
등록일자 § 1999. 5. 31
어람번호 § 제1-2741호

주소 § 경기도 부천시 부일로 483번길 40 서경B/D 3F (우) 14640
전화 § 032-656-4452 팩스 § 032-656-4453
http://www.chungeoram.com
E-mail § chungeorambook@daum.net

ISBN 979-11-04-91412-6 04810
ISBN 979-11-04-91263-4 (세트)

三國志
삼국지 더비기닝

6

담덕사랑 장편소설

FUSION FANTASTIC STORY

도서출판 청어람

三國志
삼국지
더 비기닝

목차

제1장
복잡한 이해관계

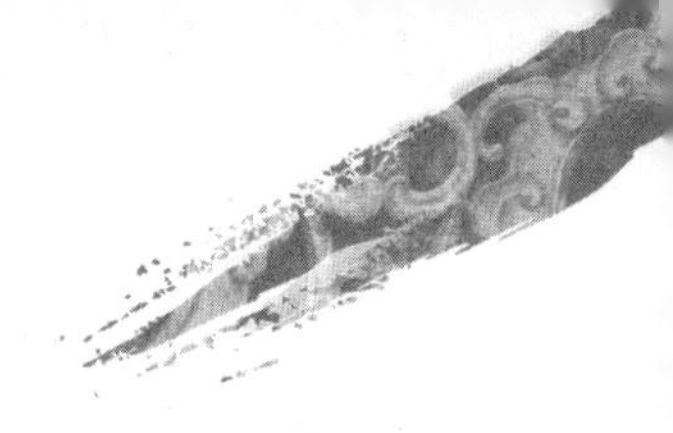

서황을 감시하라는 지시를 받은 무관 최용(崔勇).

잠에서 깨어난 최용의 머리로 갑자기 불길한 생각이 강타했다.

최용은 황급히 서황이 거처로 사용하는 관사로 달려갔다.

평소 관사까지는 엎어지면 코 닿을 거리라고 느낄 정도로 가까웠다. 하지만 지금은 마치 수백 리(里) 거리를 달려가는 것만 같았다.

최용은 어떻게 관사에 도착했는지 기억조차 하지 못할 정도로 다급했다. 그러나 혹시라도 서황이 안에 있을 경우를 대비하여 조심스럽게 부르는 그였다.

"장군, 안에 계십니까?"

기다려 보아도 안에서는 아무런 인기척이 들려오지 않았다.

그러자 최용의 얼굴색이 삽시간에 백지장처럼 변해갔고, 입안은 마치 가뭄을 만난 전답처럼 쩍쩍 갈라지는 것만 같았다.

"장군!"

몇 번이나 문밖에서 서황을 불러 보았지만 역시나 안에서는 아무런 기척이 없었다.

점점 불길한 생각이 들었고, 그는 떨리는 손으로 문을 열어보았다.

그런데 관사 안은 마치 먼 길을 떠나기라도 하는 것처럼 깔끔하게 정리가 되어 있었다.

"서, 설마!"

최용은 무슨 생각이 들었는지 갑자기 어디론가 내달렸다.

"비켜! 비켜!"

최용은 아직도 숙취로 고생하는 병사들을 헤집으며 내달렸고, 병사들은 무슨 일인지 영문을 몰라 멀뚱히 그를 바라보았다.

잠시 후 최용이 도착한 곳은 상서령 가후의 관사였다.

"대인! 대인!"

안에서 아무런 기척이 느껴지지 않자 최용은 문을 벌컥 열었다. 문을 열자 역시나 아무도 보이지 않았다.

최용은 그제야 어젯밤의 일이 너무나 이상했다는 생각을 하게 되었다. 아무리 이곳이 후방 지역이라지만 그래도 지금은 전시 상황이다. 그럼에도 불구하고 병사들에게 술과 고기를 베풀어 만취하게 만들었다. 그리고 잠에서 깨어보니 모두 사라지고 없었다.

"속았다!"

쾅!

쾅!

최용은 자신이 철저하게 속았다는 것을 알게 되자 관사의 문짝에 주먹질을 해대며 분개했다.

살이 터지고, 피가 뚝뚝 떨어졌지만 그런 것은 안중에도 없었다.

그저 자신이 속았다는 것에 화가 머리끝까지 치솟았고, 서황과 가후를 찢어 죽이고 싶을 뿐이었다.

하지만 아무리 후회를 하여도 이미 늦었다. 그는 기대는 하지도 않았지만 병사 몇을 대동하고 포구로 내달렸다.

그러나 흠차관이 비밀리에 장안을 방문하였다는 것을 모르는 그였고, 당연히 가후를 비롯한 여러 사람들을 태운 배가 홍농으로 향하고 있다는 사실도 알 리가 없었다.

한편, 그날 저녁.

이각은 동관(東關)에서 일어난 일을 전혀 모르고 있었다.

그는 마등이 연을 띄워 식량 지원을 요구해 왔다는 전령의 보고에 속으로 안도했다.

연일 곽사와 치열하게 교전을 벌이고 있는 상황 중에 일어난 반란이라 불안하였다. 그런데 알고 보니 단순하게 식량을 원조해 달라는 무력시위라는 것을 알게 되었다.

그래서 긴장도 풀고, 느긋하게 여흥을 즐기기로 하였다. 오랜만에 몇몇 신료(臣僚)들과 함께 기방을 찾아가 기녀들을 옆에 끼고 한껏 홍에 취했다.

그렇게 한창 홍이 무르익어갈 무렵이었는데 갑자기 기루의 총관이 안으로 들어왔다.

"장군, 최용이란 자가 찾아왔습니다."

"최용? 그자가 누구더냐?"

"제가 서황을 감시하라고 붙여두었던 이옵니다."

북문의 수비를 책임지고 있는 양봉이 그처럼 말하자, 이각은 관심 없다는 듯이 술잔을 들어 마셨다.

황건적 출신의 양봉은 자신의 수하가 기루를 찾아온 것이 궁금하여 총관을 바라보았다.

"들어오라고 하게."

"예."

잠시 후 최용이 잔뜩 겁먹은 표정으로 기방으로 들어왔다.

그는 이각과 자신의 상관인 양봉을 비롯하여 몇몇의 신료들이 보는 자리에서 털썩 무릎을 꿇었다.

그러자 이각이 흠칫하며 눈살을 찌푸렸고, 놀란 양봉이 벌떡 일어나 호통을 쳤다.

“이게 뭐하는 짓이냐!”

“장군! 상서령 가후와 서황이 간밤에 사라졌습니다!”

최용의 말에 이제껏 여유로웠던 이각의 모습은 흔적도 없이 사라졌다. 그가 술상을 주먹으로 내려치며 소리쳤다.

쾅!

“뭐! 대체 그게 무슨 소리야!”

그러자 최용은 전후 사정을 이각에게 빠르게 전해주었다.

그런 설명에 순식간에 기방 안의 공기는 싸늘하게 식어갔다. 그러면서 모두들 골몰히 고민하는 이각의 눈치만 살폈다.

잠시 고민을 하던 이각은 그런 말이 믿기지가 않아 언성을 높였다.

“분명 서황 그놈의 농간이다! 놈이 관문을 무사히 빠져나가기 위해 상서령을 인질로 잡은 것이다! 즉시 수색대를 보내!”

“예!”

이각은 그처럼 소리치며 가후를 찾을 수색대를 보내기로 하였다.

이때까지도 이각은 가후의 귀순을 전혀 의심하지 않았다. 하지만 차츰 시간이 지나고, 가후가 놀랍게도 흠차관을 섬긴다는 것을 알게 되자 엄청난 충격을 받고 말았다.

더구나 마등의 딸이 흠차관의 세 번째 부인이란 것도 알게 되자 머리끝까지 화가 치솟았다. 그럼에도 이각은 군을 동원하여 마등을 응징할 수가 없었다. 그 이유는 만약 자신이 군을 움직인다면 곽사와 번조가 어떻게 나올지 알 수 없었기 때문이었다.

몇 개월 후.

후한(後漢) 초평(初平) 4년(193년).

맹위를 떨치던 동장군도 끝내 봄이 되자 물러났다.

모든 이들의 마음을 설레게 하고, 만물이 소생하는 화창한 계절이었다.

그러나 유주목 공손도에게 봄을 즐길 여유 따위는 없었다. 그는 그동안 단단히 벼르고 있었던 계획을 실행에 옮겼다.

공손도는 지난 겨울 동안 병사들을 양성하고, 식량을 비축하고, 병장기를 생산하는 것에 총력을 기울였다. 그런 노력 덕분에 6만의 전투 병력을 준비하게 되었다.

그렇게 모든 준비가 끝나자, 공손도는 마침내 사위인 수현의 근거지 양평성(襄平城)으로 진격하기로 결정했다.

출전 당일의 이른 아침.

유주목 공손도는 관사에서 아내 유 부인과 작별의 시간을 보냈다.

그의 아내 유 부인은 남편이 직접 전장으로 나가는 것이 못내 불안하여 말했다.

"상공, 굳이 직접 전장까지 가셔야 하는지요?"

그런 아내의 물음에 갑옷을 차려입은 공손도가 굳은 표정으로 입을 열었다.

"나라고 왜 위험한 전장으로 가고 싶겠소. 하지만 가지 않을 수가 없다오."

"예? 그게 무슨 말씀이신지요?"

"이번에 동원한 전투 병력만 하더라도 육만에 달하오. 그리고 그들을 후방에서 지원하는 치중대만 하더라도 칠만이나 동원이 되었소이다. 그들을 모두 합하면 무려 십삼 만에 달하는 대병력이오. 만약 그런 대병력이 칼끝을 내게 돌려 버리면 어찌되겠소?"

"설마 그런 일이 생기겠는지요?"

"그것을 어찌 장담하겠소? 그러니 싫어도 내가 전장으로 가는 수밖에 없소이다."

유 부인은 남편의 그런 말을 듣자 더 이상은 말릴 수가 없다고 생각했다. 자신이 생각해도 만약 요동 정벌군이 칼끝을 돌려 버리면 그들을 막을 방도가 없었기 때문이었다.

그러기에 유 부인은 전장으로 떠나는 남편이 무사히 돌아오기만을 간절히 기원하는 것이 자신이 할 일이라고 여겼다.

그렇게 공손도는 13만의 대병력을 동원하여 호기롭게 요동 정벌을 단행했다.

하지만 결코 요동 정벌이 만만한 일이 아니라는 사실을 며칠이 되지도 않아서 처절하게 깨닫게 되었다.

말이 13만이지 그들이 요동으로 떠나는 것조차도 버거운 것이 현실이었다.

공손도는 매일 1만의 병력 단위로 출발을 시켜야 했고, 집결지인 요동의 창려현(昌黎縣)까지 가려면 족히 한 달 이상이 소요되었다.

그런데 공손도는 요동 정벌을 단행하면서 무려 세 가지나 실수를 범하고 말았다.

첫째로 이번 요동 정벌군의 총사령으로 염유를 선택했다.

그런데 그는 자신의 장인이자 황숙인 유우의 심복이나 다름이 없는 염유를 믿지 못했다. 그러기에 군에 관한 일은 모두 자신의 재가를 받은 후에 실행하라는 지시를 염유에게 내려 버렸다.

급박한 전황이 발생한다면 당연히 총사령이 재량껏 군을 움직여야만 하는 것이 원칙이다. 하지만 실상은 시시콜콜한 것까지 유주목 공손도의 재가를 받아야 했다. 그것은 13만에 달하는 대군의 수족을 봉쇄하는 조치나 다름이 없었다.

당연히 총사령 염유가 그런 점을 고하였다.

그러나 염유의 말을 철저하게 무시한 공손도였고, 오로지 자신이 불러들인 공손기의 말에 따르는 엄청난 실수를 범하고 말았다.

공손기가 누구던가?

수현이 황숙 유우의 죽음을 막고자 공손기를 오지로 보내 버렸었다.

그런데 공소도는 자신에게 반하는 전주를 대련현령으로 보내 버렸고, 그곳의 현령으로 있던 공손기를 불러들였다. 그런 후에 공손기를 곁에 두어 총사령 염유를 견제토록 하였다.

그리고 공손도가 저지른 두 번째 실수는 요동까지 가는 엄청난 거리를 대수롭게 생각하지 않았다는 것이다.

전쟁의 주체는 사람이고, 당연히 사람들은 매일 먹고, 마시고, 잠을 자야만 했다.

그런데 13만의 대병력이 한 달이 넘는 긴 시간 동안 이동을 하다 보니 하루에 소비하는 물자만 해도 엄청났다. 특히 7만에 달하는 치중대가 이동을 하면서 소비하는 물자가 오히려 본대보다도 많았다.

공손도가 심혈을 기울이며 준비했었던 식량이었다. 그런데

7만의 치중대가 요동으로 이동하면서 엄청난 양을 소모했고, 그로 인해 전투를 개시하기도 전에 극심한 식량 부족에 시달리게 되었다.

그리고 공손도가 마지막으로 저지른 실수는 가장 치명적인 것이었다.

유 황숙이 생존했을 당시 오환의 대족장 구력거가 귀순한 상태였다.

그런데 유 황숙이 타계하자 구력거는 고향으로 돌아갔다.

오환의 대족장인 구력거의 부재는 당연히 막강한 전투력을 자랑하는 오환기병을 편성하는 데 실패하게 만든 요인이 되고 말았다.

물론 공손도 또한 오환의 대족장 구력거의 도움을 받고자 하였다.

그런데 구력거는 전주를 대련현령으로 보내고, 황숙 유우의 죽음과 관련이 있는 공손기를 불러들인 처사에 불만을 품고 있었다.

그러니 아무리 공손도가 사람을 보내도 고향에서 나오지 않는 구력거였다.

그럼에도 공손도는 자신이 사위에게 패할 리가 없다고 자신하였다.

한편, 그 무렵의 흠차관.

작년(192년)에 장안성의 동관을 출발하였던 흠차관의 일행들이었다.

그런데 그들은 말로는 형언할 수 없을 정도로 고된 여정을 하였다.

그리고 마침내 그들이 북해에 도착했을 때는 새해가 시작되고도 여러 달이나 지난 그해 2월 말경이었다.

입춘(立春)이 지난 지도 여러 날이 흘러 어느덧 요동 일대도 봄기운이 완연했다. 하지만 북해에 도착한 수현은 그런 봄의 정취를 만끽할 틈도 없이 엄청난 소식을 접하게 되었다.

그것은 자신의 장인이자 유주목인 공손도가 요동을 정벌하기 위해 대규모로 병력을 동원하다는 것이다.

그런 소식을 접한 수현은 오랜 여정에 피곤하였지만, 쉬지도 못하고 부랴부랴 배편을 이용해 요동으로 향했다.

그리고 흠차관 진수현은 군항(軍港)으로 개발한 영구현(營口縣)에 도착하게 되었다.

영구현은 지리적으로 요하(遼河) 하구에 위치하고, 요동반도와 산동반도에 둘러싸인 황해(黃海)의 발해만(渤海湾)을 끼고 있다. 그러기에 항구를 건설하기에는 최적의 입지 조건을 갖추고 있었다.

수현은 그런 지리적 중요성을 인지하고 요동을 통치할 때부터 항구 건설에 들어갔었다. 그리고 지금은 요동일대에서 가장 번성한 항구로 자리매김을 하고 있었다.

영구현에 도착한 다음날.

경호대장 허저의 호위를 받으면서 관청의 조당으로 들어서는 수현이 보였다.

그는 자신의 자리로 가서 조당에 시립하고 있는 속관들을 잠시 훑어보았다.

흠차관은 기존에 자신을 따르던 이들과, 이번에 새로이 합류한 많은 관원들에게서 공손한 절을 받았다.

그런 뒤에 내황공주에게서 하사받은 사령봉을 양손으로 힘껏 움켜잡으면서 입을 열었다.

"모두 들으시오!"

"예, 흠차관 각하."

흠차관 진수현의 외침에 시립하였던 관원들이 일제히 답을 하였고, 그에 조당 안이 쩌렁쩌렁하게 울렸다.

"그대들은 본관이 들고 있는 이것이 무언지 아는가!"

그는 흠차관을 상징하는 사령봉을 앞으로 내밀면서 시립한 관원들을 훑어보았다.

"이것은 공주전하께서 본관에게 하사하신 사령봉이다! 역적 동탁이 옹립한 위황(가짜황제)을 대신하라는 지엄하신 공주전하의 뜻이 담긴 물품이다! 이러함에도 불구하고 유주목 공손도는 무엄하게도 본관의 처자식을 인질로 삼았다!"

수현은 자신이 내황공주가 인정한 흠차관이라는 점을 강조하면서 유주목 공손도를 비난했다.

그런 말이 흘러나오자 모든 관원들은 자연히 바짝 긴장이 되었고, 조당 안은 고요한 적막이 흘렀다.

자리에 참석한 많은 관리들은 흠차관의 그런 말에 내색을 하지 않았다. 그러나 내심 유주목 공손도의 비인간적인 행태에 분노하고 있었다.

"유주목은 사사로이는 본관의 장인이 되는 사람이다. 하나 그럼에도 불구하고 자신의 욕심을 채우기 위해 금수만도 못한 짓을 저질렀다!"

"각하!"

"하고픈 말이 있는가?"

가후의 갑작스러운 부름에 흠차관 진수현이 굳은 표정으로 물었다.

그런 수현의 모습을 보게 되자, 관원들은 가후의 무례한 돌출 행동에 엄한 문책이 따를 것만 같아서 눈앞이 아찔해졌다.

그러나 이미 두 사람은 전날 밤에 유주목 공손도를 어떻게 처리할지를 결정한 상태였다. 그러기에 지금 가후의 이런 돌출 행동은 사전에 약속된 모습이었다.

그럼에도 이런 요식행위를 하는 것은 대의명분 때문이었다.

"각하께옵서는 역적 동탁이 세운 허울뿐인 천자를 대신하는 흠차관이십니다. 이는 황실의 법통을 계승한 공주전하께서 인정하셨습니다. 그러함에도 무도한 유주목 공손도는 각하께 대항하려 하니 이는 순리를 거역하고, 천륜을 어기는 짓입니다."

"그대의 말이 옳다!"

"또한 유주목 공손도는 사사로이는 각하의 장인이 되옵니다. 그럼에도 각하의 부인과 영식을 인질로 삼았으니 이는 인륜을 저버리는 짓이기도 합니다. 그러니 각하께서 친히 군을 이끌어 그자를 징치(죄를 물어 다스림)하심이 옳은 줄로 아옵니다!"

구구절절 옳은 말을 하는 가후였고, 조당에 있는 관리들 중에 어느 누구도 이견을 제시하지 않았다.

그런 관리들을 지켜보면서 수현은 어젯밤의 일을 떠올렸다.

지난밤에 가후, 조운, 감녕과 함께 도모하였던 계획을 실행할 때라고 생각하면서 입을 열었다.

"유주목 공손도의 패악스러운 짓이 백일하에 드러났다. 이에 천자를 대신하는 흠차관으로서 선포하는 바이다! 현시각부로 유주목 공손도를 요동의 주적으로 선포한다!"

"각하의 명을 받들겠나이다!"

관원들이 일제히 그렇게 답을 하였고, 마침내 흠차관 진수현은 유주목 공손도에게 선전포고를 했다.

유주목 공손도는 사사로이는 흠차관의 장인이었다. 하지만 공적으로는 당연히 흠차관의 속관으로 봐야만 하였다. 그런데 그에게 반하는 군사행동을 강행하였다.

또한 수현은 자신이 요동에 없는 틈을 이용해 처와 아들을 인질로 삼았다는 것을 거론하였다. 그러기에 결코 그를 용서할 수가 없다고 하였다.

이게 흠차관이 내세운 선전포고의 대의명분이었다.

하지만 이런 일은 이미 수현도 예견을 했었다.

그러기에 장안으로 떠나면서 자신의 두 번째 장인 부여문연을 백제대홍려(百濟大鴻臚)에 임명하였고, 비밀리에 유주목 공손도를 상대할 계책까지 알려준 것이었다.

그렇게 준비를 하고 장안으로 떠났던 흠차관이었지만, 내심 그런 일이 일어나지 않기만을 간절히 바랐다. 그런데 자신의 바람도 몰라주고, 유주목 공손도는 날카로운 발톱을 노골적으로 드러내며 요동을 넘보았다.

그러니 수현은 자신이 살아남기 위해서라도 유주목 공손도와의 전쟁은 불가피하다고 여겼다. 그리고 오늘 조당이라는 공식 석상에서 유주목 공손도에게 선전포고를 하게 되었다.

결의에 찬 표정으로 선전포고를 마친 수현이 고개를 돌리더니 감녕을 바라보았다.

"홍패!"

"예! 각하!"

"그대를 이시각부로 요동수군도독으로 임명한다!"

"지엄하신 흠차관 각하의 명을 받자옵니다!"

"도독의 인장을 가져오너라."

요동에는 1만 명의 수군이 존재하고 있었다.

흠차관 진수현은 어젯밤에 감녕을 따로 불러 이번에 신설하는 요동수군도독(遼東水軍都督)으로 임명하겠다는 것을 알려주었다.

감녕은 흠차관의 그런 지시를 흔쾌히 받아들였고, 마치 경건한 의식을 치르는 사람처럼 기다렸다.

수현의 지시가 떨어지자 대기하고 있었던 시종이 수군도독의 인장이 들어 있는 함을 받쳐 들고 다가갔다.

감녕은 흠차관이 전해주는 그 함을 공손히 받아들더니 깊이 허리를 숙였다.

그러자 이번에는 또 다른 이를 호명하는 수현이었다.

"서황! 만총은 본관의 명을 받들라!"

수현의 근엄한 외침에 지명을 받은 두 사람이 한 발짝씩 앞으로 나와 허리를 숙여 보였다.

그러자 수현은 어젯밤 감녕과 합의한 대로 진행했다.

"서황을 이시각부로 아문장군에 임명한다. 그대는 요동수군도독을 보좌하면서 항구의 경비를 책임지도록 하라!"

"지엄하신 흠차관 각하의 명을 받자옵니다."

"만총을 행군사마에 임명한다! 그대 또한 요동수군도독을 보좌하라!"

그러자 만총은 흠차관에게 공손히 허리를 숙여 보이면서 답을 하였다.

두 사람을 그렇게 임명하자 이번에는 가후가 있는 곳을 바라보았다.

"가후는 본관의 명을 받들라!"

그러자 가후 역시 한 발 앞으로 나가더니 공손히 허리를 숙여 보였다.

"그대를 이시각부로 수석참모에 임명한다. 또한 본관의 직속기관인 기무원의 수장으로 임명한다!"

"흠차관 각하의 명을 받자옵니다."

이미 가후 또한 어젯밤에 수현에게서 자세한 설명을 들었다. 그러기에 기무원(機務院)이 무슨 일을 하는 기관인지는 파악한 상태였다.

흠차관을 위해 각종 첩보를 수집하고, 방첩 활동을 주된 임무로 하는 기무원이라는 것을 알게 되었고, 그에 가후는 흔쾌히 그 자리를 맡겠다고 하였다.

가후에게 수석참모와 기무원장을 겸임하라는 지시를 내린

수현이었고, 아직 관직을 받지 못한 이를 바라보았다.
"방덕은 본관의 명을 받들라!"
"예! 흠차관 각하!"
"그대를 이시각부로 연화대의 대장으로 임명한다!"
그러자 그의 옆에 있던 가후가 부연 설명을 해주었다.
연화대(蓮花隊)는 흠차관의 세 번째 부인 마운록의 경호를 전담하기 위해 창설한 부대였다.
수현은 이곳 영구현에서 양평성까지 가는 동안 마운록의 경호를 방덕에게 일임한 것이다.
방덕은 이미 마등을 떠나올 때부터 그 일을 맡아왔었다. 더구나 마등이 자신의 딸의 안전을 부탁하였기에 흔쾌히 그에 따랐다.
"부간은 본관의 명을 받들라!"
"흠차관 각하의 지엄하신 명을 받드옵니다."
"그대를 이시각부로 호조참판에 임명한다. 그대는 속히 호조판서의 직무를 숙지하라! 그리해서 판서 막호발의 궐위에 대비토록 하라!"
"명심하여 거행하겠나이다."
수현은 현재 호조판서이자 태사자의 장인 막호발이 고령이라는 점이 마음에 걸렸다. 내일이라도 당장 그가 세상을 뜬다고 하여도 이상할 것이 없었고, 그런 상황이 발생한다면 당연히 호조판서는 궐위(闕位: 어떤 직위나 관직 따위가 공석이 됨)가 되었다.

수현은 그런 사태를 미연에 방지하고자 총명한 부간을 참판에 임명하여 대비한 것이다.

이렇게 이번에 흠차관 진수현을 섬기기로 하였던 인물들에게 관직이 모두 부여되었다.

그날 저녁.

흠차관 진수현은 내일이면 다음 목적지인 안시성으로 출발해야 했다.

그는 떠나기 전에 감녕이 요동수군도독으로 임명된 것을 축하하는 자리를 마련하였고, 장소는 영구현(營口縣)에서 가장 화려한 기루였다.

수현은 기루의 별채에서 축하 연회에 참석한 일행들과 무언가를 심각하게 의논하기 시작했다.

"이보게, 기무원장."

"예, 각하."

"내 노파심에서 하는 말인데, 자네가 어젯밤에 공손도를 처리할 시간을 하루만 달라고 하였네. 정말로 단 하루 만에 공손노를 처리할 수 있는 계책을 내놓을 수 있는 것인가?"

그런 말에 자리에 있던 모든 이들도 궁금하여 가후를 바라보았다.

모두들 절대 불가능한 일이라고 생각을 하였지만, 당사자인 가후는 마치 당연하다는 듯이 말하기 시작했다.

“변변한 책사 하나 없는 공손도 따위를 상대하기 위한 계책이라면 하루도 길게 여겨집니다.”

“오! 그런가? 그럼 말씀을 해주시게.”

“유주목 공손도 휘하에는 쓸 만한 이가 남지 않았습니다. 그나마 뛰어난 이가 전주와 염유, 오환의 대족장 구력거가 있사옵니다. 한데, 공손도는 그들이 타계하신 황숙의 심복이란 점 때문에 믿지를 못하지요.”

“나도 전주가 대련의 현령이 되었다는 말은 듣고 놀랐다네.”

“전주는 차제에 치더라도, 염유를 이번 원정군의 총사령으로 삼았습니다. 공손도가 믿지 못하는 염유를 총사령으로 삼았다는 것은 그만큼 그의 휘하에 인재가 없다는 방증이기도 합니다. 또한 가장 중요한 것이 있습니다.”

“그게 뭔가?”

“안시성주가 답돈으로 임명이 되었다고 들었습니다. 그리고 구력거가 그의 숙부라고 하더군요.”

“그러하다네, 여기 있는 자룡과 함께 요동으로 왔던 일이 엊그제 같은데 벌써 오 년이라는 시간이 되었군.”

“형님, 벌써 오 년이나 되었습니까? 가는 세월이 무섭다고 하더니, 벌써 시간이 그리 흘렀군요."

수현은 조운, 답돈과 함께 요동으로 왔었던 기억이 떠올랐다.

흠차관이 의동생으로 삼은 조운 또한 그런 감상에 빠져들었다.

수현은 자신 앞에 있는 술잔을 들어 마시더니 가후를 바라보며 말했다.

"계속 말씀을 하시게."

"예, 구력거는 오환의 대족장입니다. 그런데 그가 이번 원정에 빠짐으로 해서 막강한 전투력을 자랑하는 오환의 기병이 배제되었습니다. 이게 공손도에게는 크나큰 패착이 될 것입니다. 구력거를 이용하는 계획은 차후에 알려드리겠습니다."

그러면서 신임 기무원장인 가후는 서탁에 놓여 있는 지도의 한 부분을 손가락으로 짚으면서 설명을 했다.

"각하, 여기가 유주의 주도인 계입니다."

가후의 설명에 수현은 말없이 고개만 살짝 끄덕여 보였다.

다른 이들은 가후의 설명을 경청하기 위해 지도를 유심히 바라보았다.

"각하께서도 아시다시피 유주목 공손도가 무려 십삼 만에 달하는 내군을 동원하였습니다. 그러니 현재 이곳 계는 텅텅 비었을 겁니다."

"그거야 모두가 알고 있는 사실이네. 기껏해야 소수의 수비병들만 남아 있겠지?"

"그러하옵니다. 정확한 것은 아니지만 저는 계를 지키는 수비 병력이 많아야 일천을 넘기지 못할 것으로 봅니다. 그리고 그들 수비병의 열에 일곱은 나이가 많아 이번에 요동으로 따라나서지 못한 노병들일 것입니다."

가후의 그런 설명에 그제야 모두들 머릿속으로 대략적이나마 그림이 그려지기 시작하였다.

그러면서 그들은 하룻밤 사이에 이런 계책을 구상한 가후의 진면모에 놀라워하며 진심으로 감탄했다. 그러나 아직 세부 계획을 밝히지도 않은 상태였기에 다들 가후의 설명이 계속 이어지기만을 기다렸다.

제2장

유주(幽州) 쟁탈전

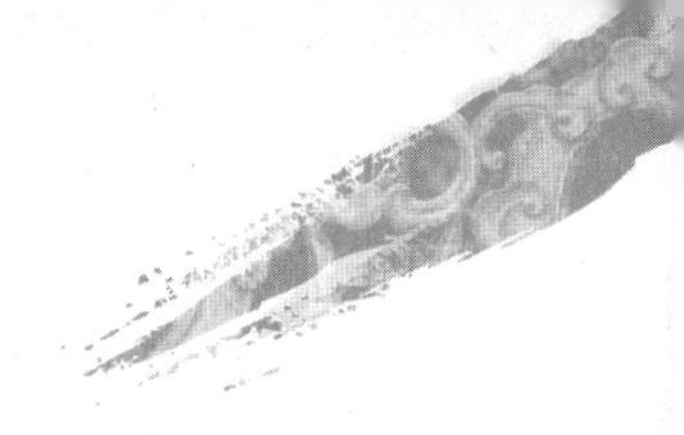

수현은 가후가 손가락으로 지적한 유주의 주도 계에 인접한 옹노현(雍奴縣)을 바라보며 물었다.

"혹여 자네의 계책은 이곳 옹노현에 상륙하여 계를 공략하자는 것인가?"

"역시! 각하의 혜안은 참으로 뛰어나십니다. 그러하옵니다."

"아! 그래, 위위구조!"

지금까지 곁에서 설명을 경청하고 있었던 유엽이 그처럼 소리쳤다.

그러자 가후가 그를 바라보더니 씽긋 웃어 보였다.

"허허, 각하께서 자네를 입이 마르도록 칭찬을 하시더니 허언이 아니었어. 제대로 보았네."

그러자 이번에는 감녕을 보좌하기로 결정이 되었던 만총이 입을 열었다.

"공손도의 세력을 분산시키는 것이 원장님이 구상한 계책이라면 계에 아군 병력을 보내야겠군요. 육로는 공손도 때문에 막혔으니 바다밖에 없군요!"

그러자 이번에는 마등 밑에서 군사로 있었던 부간이 입을 열었다.

"바다를 통해 계로 아군 병력이 진격을 하려면 상륙을 해야 합니다. 그럼 당연히 도독께서 이번 계획의 핵심이 되시겠습니다!"

"하하하! 각하, 이제 보니 모두들 대단한 인재가 아닙니까? 제가 큰 줄기만을 제시했을 뿐인데 나머지 세부 계획을 이들이 일사천리로 완성을 해내니 그저 놀라울 따름입니다. 이토록 뛰어난 책사들을 얻으셨으니 이 모두가 각하의 홍복이옵니다."

"그리 말해주니 고맙네."

수현도 가후가 큰 줄기만 언급하고 나머지 세부 계획을 유엽, 만총, 부간의 입에서 막힘없이 나오는 것을 보면서 내심 감탄하였다.

가후라는 뛰어난 책사가 젊은 유엽이나 만총, 부간을 이끌어주기를 바라면서 말했다.

"모두들 뛰어난 인재들이지만 아직은 젊다네. 그러다 보니 계책을 구상할 때 매끄럽지 못한 부분이 있을 것이네. 힘들어도 기무원장이 잘 다듬어주시게. 저들이 훗날 나라의 동량이 되어야지, 아니 그런가?"

"명심하겠습니다."

"각하."

갑자기 수현의 곁에 있던 경호대장 허저가 운을 떼었다.

그러자 반사적으로 자리에 있던 모두가 그를 바라보았다.

"할 말이 있는가?"

"제가 아까부터 궁금한 것이 있었습니다. 위위구조가 무슨 뜻입니까?"

그런 물음에 수현은 그것을 먼저 언급하였던 유엽을 바라보았다.

그러자 유엽이 자세하게 설명을 해주었다.

위위구조(圍魏救趙)는 '위나라를 위협해 조나라를 구한다'라는 뜻이었다.

전국시대 위나라와 조나라가 치열하게 싸웠다.

그런 중에 조나라는 위나라에 밀려 수도인 한단이 포위당했다.

이에 조나라는 동맹국인 제나라에 원군을 요청했고, 제나라의 위왕은 곧바로 장군 전기와 모사 손빈을 파견하여 조나라를 구원하도록 했다.

그런데 손빈과 전기는 조나라를 구원하러 가지 않고, 오히려 위나라의 수도인 대양을 포위하여 위군을 조나라에서 철수시켰다.

이렇게 적의 세력을 한 곳에 집중될 수 없게 하고, 적을 분주하고 피로하게 만든 뒤 격파하는 전술이 바로 위위구조였다.

유엽의 설명이 끝나자 허저가 크게 고개를 끄덕거렸다.

그러자 듣고 있던 가후는 입가에 흐뭇하게 미소를 만들더니 계속 말을 이어갔다.

"제가 계를 공략하자고 하는 것은 바로 적의 세력을 분산시키기 위함입니다."

"그 일이라면 도독이 수고를 해주어야겠군."

"맡겨만 주시면 반드시 계를 점령하겠습니다!"

"이보게, 요동수군도독."

"예, 기무원장님."

"자네에게 주어진 수군 병력이라고 해봐야 일만이 전부이네, 만약 모든 병력을 동원하여 계로 간다면 항구의 경비는 어찌할 참인가? 여전히 해적들이 기승을 부리고 있네. 그 점을 간과하여서는 아니 될 것이네."

"그럼 원장은 어떤 계획을 가지고 있는가?"

그러자 가후가 지도를 다시 손가락으로 가리켰다.

그에 모든 이들이 그의 손가락이 가리키는 곳을 바라보았고, 그곳은 유주의 주도 계의 서쪽에 있는 오환의 영역이었다.

"각하, 안시성주 답돈이 오환의 대족장 구력거의 조카라는 것을 기억하시는지요?"

"당연히 기억을 하네."

"저는 답돈을 은밀히 구력거에게 보내려고 합니다. 그라면 당연히 숙부의 도움을 받을 것입니다. 그런 후에 계를 공략하면 되는 것입니다. 도독은 이곳 옹노현에 상륙을 하여 그곳의 현령을 내쫓아버리게. 그리고 그 자리에서 대기하게."

"아! 무슨 계책인지 이제야 알겠습니다. 옹노현령이 소문을 내면 그나마 있던 수비 병력이 도독을 막기 위해 모여들 것이고, 그 틈에 오환의 기병들이 계를 점령하는 것이군요."

"하하하! 유 군사가 제대로 보았네."

가후는 이런 자리가 즐겁다는 듯이 호탕하게 웃었다.

반면에 젊은 유엽이나 만총, 부간은 감탄을 금치 못했다. 그러면서 자신들이라면 과연 가후의 이런 복잡한 작전을 막힘없이 구사할 수 있을지 의문이 생겼다.

"아직 계책이 끝나지 않았습니다."

"원장님, 아직도 실행할 계책이 남았는지요?"

유엽의 물음에 가후는 마치 대수롭지 않은 일이라는 듯이 말했다.

"자신이 죽든가, 아니면 다른 이를 죽여야만 끝나는 것이 전쟁이라네. 이대로 공손도가 계로 돌아간다면 언제고 또다시 침략을 해올 것이네."

"저도 원장님의 그런 말씀에 동의합니다."

"그러니 전쟁은 가급적이면 하지 말아야 되네. 하나, 부득이하게 싸울 때는 가용할 수 있는 모든 것을 동원하여 적을 철저하게 응징해야만 한다네."

"그럼 자네가 생각한 또 다른 계책은 무엇인가?"

그러자 이번에도 지도에서 또 다른 지역을 짚는 가후였다.

그가 이번에 지목한 곳은 요서 지역에 있는 무려현(巫閭縣)이었다.

무려현에는 의무려산(醫巫閭山)이 있는데 그곳이 바로 선비족의 일족인 단부(段部)의 영역이었다.

"각하, 대련현령으로 지내던 전주가 귀순을 하였다는 것을 기억하시는지요?"

"당연히 기억하네, 그가 적군의 현황을 정리한 보고문도 읽어보았네. 그런데 그것은 왜 묻는 것인가?"

"그가 대련으로 떠나기 전에 남긴 보고문을 저 역시 읽어보았는데, 흥미로운 것이 있었습니다."

"그게 뭔가?"

"보고문에 따르면 전주가 우연히 단부의 영역에 들어갔다가 간신히 살아났다고 합니다. 그리고 자신을 구해준 이가 단걸진이라고 합니다."

"단걸진이라… 아! 이제야 누군지 기억이 나는군!"

"알아보니 단걸진 그자는 안시성의 주부로 있다고 합니다. 그자를 단부에 사자로 보내어 협상을 보려고 합니다."

그러면서 가후는 단부족에 가장 필요한 소금과 철, 식량, 의복을 제공하여 공손도를 공격하라는 제안을 하겠다고 말했다.

그러더니 가후는 자리에 있는 태사자를 바라보았다.

"이보게, 이조판서."

"예, 원장님."

가후는 오늘날 심양으로 알려져 있는 봉천총관부(奉天摠管府)의 모용목연이 부사(府史)로 있는 것을 거론하면서 말했다.

"부사 모용목연이 자네의 빙장이신 막호발 어른의 아들이라고 알고 있네만?"

"그렇습니다."

"내일 전령을 보내어 그자로 하여금 공손도의 후방을 치라고 하게."

"제 장인이시라면 그 정도의 대비는 이미 해두었을 겁니다."

"그래도 모르는 일이니 그렇게 시행을 하게."

"알겠습니다."

"이보게, 그렇게 준비하면 모든 계책이 끝나는 것인가?"

"그렇습니다. 자잘한 것들이야 상황에 따라 유동적으로 대응하면 될 것입니다."

"수군도독."

"예, 각하."

수현은 신임 요동수군도독 감녕에게 한 가지 명령을 하달했다.

감녕에게 유주(幽州) 어양군(漁陽郡) 옹노현(雍奴縣)에 5천의 별동대를 이끌고 상륙하라는 지시를 내렸다.

수현이 상륙 지점으로 제시한 옹노현은 오늘날 북경(北京)으로 알려져 있는 유주의 주도 계와 인접한 곳이었다.

만약 감녕이 무사히 상륙하여 유주목 공손도의 세력을 분산시킬 수만 있다면 계획은 성공하는 것이었다.

"각하, 오천의 수군이 상륙한다면 계는 무주공산이나 다름이 없습니다. 반드시 임무를 성공하겠습니다."

"자네만 믿겠네."

그렇게 축하 연회는 끝이 났고, 모두들 각자의 숙소로 돌아갔다.

수현도 자신이 숙소로 사용 중인 관청의 별채로 향했다.

경호대장 허저의 호위를 받으며 별채에 도착하자 방덕이 보였다.

마등의 딸 마운록의 경호대장인 방덕은 흠차관이 나타나자 공손히 인사를 해왔다.

"밤이 늦었으니 두 사람도 가서 쉬도록 하게."

"각하, 내일 뵙겠습니다."

"수고하였네, 중강(허저의 자) 자네도 그만 가서 쉬게."

"예, 그럼 내일 모시러 오겠습니다."

두 사람의 인사를 받으면서 수현이 안으로 들어가자 그의 세 번째 부인 마운록이 환하게 웃으며 반겨주었다.

수현은 그녀와 이런저런 얘기를 나누며 시간을 보내다가 잠자리에 들었다.

며칠 후, 수현은 안시성(安市城)에 도착하였다.

가후의 제안에 따라 성주 답돈을 고향으로 돌려보내야만 하는 터라 조촐하게 술자리를 가진 흠차관이었다.

그동안 성주로 지내면서 답답하기만 하였던 답돈이었다. 그러기에 수현의 그런 부탁을 흔쾌히 받아들였다.

“자네가 그렇게 받아들여주니 고맙네.”

“아닙니다. 저는 몸을 쓰는 것이 체질입니다. 그러니 전혀 미안해하실 필요가 없습니다.”

“고맙네.”

“각하, 그럼 신임 안시성주로 누구를 염두에 두시고 계시는지요.”

“준예(장합의 자), 그대가 적임이라고 보네. 어떤가?”

“맡겨만 주신다면 반드시 성을 사수하겠습니다!”

“자네라면 능히 안시성을 지켜낼 것이라고 믿네!”

그렇게 답돈을 대신하여 장합이 안시성의 새로운 성주가 되었다.

내일이면 또다시 흠차관은 양평성으로 길을 떠나야만 했다. 그러기에 술자리는 초저녁에 파하였다.

답돈은 내일 고향으로 떠나야만 했고, 준비할 것이 있어 자신의 숙소에서 짐을 정리하고 있는 중이었다.

“안에 있는가.”

“원장님 음성인데…….”

답돈은 조금 전에 헤어졌던 가후의 음성이 들려오자, 고개를 갸웃거리며 문을 열어 그를 맞이했다.

“짐 정리를 하고 있었는가?”

"예, 한데 어인 일이신지요?"

"자네에게 긴히 부탁할 것이 있어 이렇게 찾아왔다네."

그러면서 가후는 서탁으로 가서 자리를 잡고 앉았다.

답돈은 갑작스러운 가후의 방문이 너무나 이상했지만 그의 말을 들어나 볼 심산으로 서탁에 앉았다.

"무슨 부탁이신지요?"

"지금부터 내가 하려는 부탁은 각하의 일이네. 하지만 그 누구도 알아서는 안 되는 비밀스러운 일이네. 이런 일을 자네가 할 수 있겠는가?"

"각하께 해가 되는 일인지요?"

"으음… 해가 되지는 않겠지만 그렇다고 좋은 일이라고도 할 수가 없네."

"그럼 들어보고 결정을 하겠습니다."

답돈이 그처럼 신중하게 나오자, 가후는 잠시 머뭇거리다가 말하기 시작했다.

그런데 가후의 입에서 흘러나오는 말에 답돈이 소스라치게 놀라고 말았다.

한참이나 말없이 고민을 하던 답돈이 재차 확인을 하려고 물었다.

"공손도의 식솔들을 죽이라는 것은 저도 납득이 됩니다. 하나, 각하의 아드님마저 죽이라니요! 진심이십니까?"

"나라고 이런 일을 좋아서 하겠는가? 하나, 각하께 반하여 군을 동원하였던 공손도네. 그런 자의 딸이 각하의 부인이라는 것이 가당키나 한 것인가? 또한 그분의 아드님이 생존하였다고 가정을 해보세. 각하의 후계자가 되신 그분이 모친의 죽음에 숨겨진 비밀이 있었다는 것을 아는 날이면 얼마나 끔찍한 일이 생길지는 군이 설명할 필요가 없겠지?"

답돈은 가후의 장황한 얘기를 듣자 자신도 모르게 살며시 고개를 끄덕였다.

그의 말처럼 흠차관의 아들이 생존하여 이런 내막을 알게 된다면 피를 볼 수밖에 없다고 여겼다.

하지만 흠차관 진수현을 떠올리자 마치 그를 배신하는 기분이었다. 그러기에 답돈은 굳은 표정으로 고민에 잠겼다.

당연히 답돈은 고민이 될 수밖에 없었다.

다른 일도 아니고 자신의 손으로 흠차관의 아들을 죽여야만 했다.

그런 생각이 들자 지난날 흠차관을 따라 요동으로 왔던 일부터 시작하여, 그와 함께 보냈던 많은 일들이 주마등처럼 스치고 지나갔다.

만약에 이런 사실이 외부에 알려진다면 정치적으로 엄청난 파장을 불러올 것이라는 것을 잘 알았고, 그러기에 고민의 시간은 하염없이 흘러갔다.

그렇게 한참이나 고민을 할 때였다.

쿠르릉!

콰쾅!

갑자기 요란하게 천둥이 쳤다.

“이보시게, 형조판서! 아니, 성주라고 부를까? 이만 결정을 해주시게.”

그러자 답돈은 마치 그것이 신호라도 되는 것처럼 굳은 표정으로 가후를 바라보며 입을 열었다.

“하겠습니다!”

“어려운 결정을 해주었네, 참으로 고마우이! 다시 말하지만 이번 일은 자네가 죽는 날까지 비밀로 간직해야만 하네.”

“알겠습니다!”

그렇게 두 사람은 세상에 드러나서는 안 되는 비밀스러운 일을 진행하기로 결정을 내렸다.

가후는 고향으로 돌아가서 계를 점령해야 하는 답돈에게 그런 부탁을 하는 것이 엄청난 모험이라고 여겼었다.

자칫하면 답돈에게 죽임을 당할 수도 있는 위험한 계획이었다.

하지만 가후는 이제 공손도 가문과 흠차관은 공존할 수 없는 관계라고 보았다.

그러기에 답돈에게 이런 위험한 부탁을 하였고, 답돈은 오랜 고민 끝에 승낙을 한 것이었다.

수현은 그런 일이 자신도 모르는 사이에 결정이 되었다는 것도 몰랐다.

그는 날이 밝자마자 안시성에서 주부로 일하는 단걸진(段乞珍)을 대동하고, 마지막 목적지인 양평성(襄平城)으로 출발하였다.

한편, 그 무렵 유주목 공손도의 요동 정벌군 현황.

기세등등하게 유주의 주도 계를 출발하였던 요동 정벌군이었다.

그들은 오랜 이동 끝에 오늘날 산해관으로 알려져 있는 임유관(臨渝關)에 도착하게 되었다.

그곳에서 며칠간의 휴식을 가졌던 요동 정벌군은 최종 집결지인 요동의 창려현(昌黎縣)으로 다시 이동을 하게 되었다.

그러나 그들 요동 정벌군이 창려현까지 가는 여정은 보기에 안쓰러울 정도로 극심한 고통을 수반하게 되었다.

요동 정벌군을 가장 괴롭힌 것은 다름 아닌 창려현까지 가는 수백 리(理)에 달하는 엄청난 거리였다.

그곳까지 가는 도중에 마땅히 쉴 만한 마을 하나 없었고, 그로 인해 병사들은 오로지 노숙을 해야만 하였다. 하지만 말이 노숙이지 병사들에게 주어진 환경은 열악하기가 짝이 없을 정도로 궁핍하였다.

병사들에게는 달랑 막사 하나만 주어진 상태였고, 아직은 밤낮으로 일교차가 심했다. 그러다 보니 병사들은 밤에는 추위에 시달리며 잠을 자야만 했고, 낮에는 하루 온종일 걷고 또 걸어야만 했다.

그렇게 시간이 지나자 병사들의 체력은 눈에 띄게 저하가 되었다.

궁핍할 정도로 부실한 보급과 불결한 위생 상태 때문에 체력이 저하된 병사들 사이에서 감기 환자가 속출하였다.

감기에 걸린 병사들은 고열을 수반한 극심한 고통을 참아가면서 움직여야만 하였다.

그렇게 요동 정벌군은 지난한 고통 끝에 간신히 집결지 창려현에 도착했다.

그러나 도착한 정벌군의 절반 이상은 싸우기는커녕, 자신의 몸 하나 제대로 가누기도 벅찬 환자들이나 다름이 없을 정도였다.

그럼에도 불구하고 유주목 공손도는 포기할 줄을 몰랐다.

그는 거동이 불가능한 병사들이 있음에도 불구하고 다시 이동을 명령했다. 그리고 그들이 요하(遼河) 서쪽에 위치한 드넓은 평야 지대에 도착했을 때는 그해(193년) 음력 4월 초순이었다.

그때는 이미 흠차관 진수현이 한 달 전에 양평성에 도착한 상태였다.

한 달 전.

그 무렵 요동의 중심지인 양평성(襄平城).

흠차관이자 요동의 성주인 수현이 오랜 기간 동안 성을 떠났다가 마침내 돌아오게 되었다.

그런 흠차관을 보기 위해 수많은 사람들이 거리에 나왔고, 마치 개선장군처럼 이동하고 있는 흠차관의 무사 귀환에 기뻐하며 뜨거운 함성을 내질렀다.

"흠차관 각하! 만세!"

"만세!"

오직 황제만이 받을 수 있는 만세 연호였다.

그런 것을 양평성의 주민이라고 해서 모르지는 않았다. 하지만 지금 그들에게 있어 흠차관이 자신들을 구해줄 구세주였고, 황제나 다름이 없는 존재로 여기고 있었다. 그러기에 주민들이 내지르는 뜨거운 함성은 자신들을 구해달라는 간절한 바람의 표출이었다.

흠차관을 뒤따르면서 말을 타고 움직이고 있는 가후는 그런 주민들을 보면서 의미심장한 미소를 만들었다.

'민심이 천심이라고 하더니. 이거야말로 민심이 각하께 있

다는 방증이 아니겠는가……'

가후는 그동안 흠차관에 대한 것을 숱한 소문으로만 접했었다. 그러다 이처럼 실제로 보게 되자 심장이 요동치는 것이 느껴졌다.

'여기다! 여기 요동에서부터 시작하여 종국에는 대륙을 평정할 것이다!'

그런 결심을 하자 앞으로 자신이 나아가야 할 계획이 머릿속으로 빠르게 구상되어 갔다.

양평성의 주민들은 그동안 관해가 흠차관이 없는 양평성을 무사히 지켜내기는 하였지만 그럼에도 불안하였다. 그런 중에 마침내 흠차관이 돌아왔으니 그 기쁨은 이루 말할 수가 없을 정도였다.

그렇게 흠차관의 행진이 멀어져 가자 거리에 나와 있었던 주민들도 뿔뿔이 흩어졌다.

수현은 여유롭게 자신의 저택으로 향했고, 그런 흠차관의 모습을 태원상단의 기루 누각에서 지켜보는 이들이 있었다.

2층 높이의 누각에서 점점 멀어져 가는 흠차관을 바라보는 젊은 여인은 바로 부여설레였다.

만약 그녀가 흠차관과 혼인을 하였더라면 당연히 이곳이 아니라 저택에서 마중을 하였을 것이다. 하지만 아직 혼인을 하지 못했기에 가고 싶어도 이처럼 먼발치에서 지켜보아야만 했다.

그런데 그녀의 품에 강보에 싸여 잠들어 있는 갓난아기가 있었다.

부여문연은 흠차관의 모습이 완전히 사라지자 몸을 돌려 딸을 바라보았다.

그런데 딸이 눈물을 흘리는 것을 보게 되자 표정이 굳어지는 그였다.

“너를 먼저 찾아오지 않았다 하여 서운해할 것은 없다.”

“아, 아니에요. 서운하지 않아요.”

부여설례는 말은 그렇게 하였지만 내심 서운한 것이 사실이었다.

흠차관과 첫날밤을 치르고 나자 그는 마치 도망이라도 치는 사람처럼 홀연히 장안으로 떠나가 버렸다. 그런 후에 부여설례는 자신이 임신을 했다는 것을 알게 되었고, 두 달 전에 흠차관의 아들을 출산한 그녀였다. 남편도 없이 홀로 아이를 낳았으니 그녀의 서운함은 짐작이 되고도 남았다.

그리고 아직 아들의 이름조차 지어주지 못했기에 부여설례는 하루하루 시간이 갈수록 흠차관이 그리웠다.

그런 기다림 끝에 마침내 흠차관이 무사히 돌아왔지만 여전히 그를 만나보지도 못하는 그녀였다.

“이보게, 소 행수. 아이를 유모에게 맡기게.”

"예, 단주님."

부여문연의 말에 소천금 행수가 다가왔다.

부여설례는 여전히 자신 앞에서 관계를 속이고 있는 두 사람을 애써 외면했다. 그러면서 소천금 행수에게 자신의 품에서 잠든 아기를 조심스럽게 넘겨주었다.

소천금 행수가 누각을 천천히 내려가는 것을 지켜보다가 입을 여는 부여문연이었다.

"너도 알겠지만 이번에 흠차관이 세 번째 부인을 맞이했다는구나."

"저도 알고 있습니다."

누가 보아도 부여설례의 대답은 힘이 없었고, 시무룩하게 표정이 변했다.

그런 딸의 모습에 부여문연은 가슴이 찢어지는 것만 같았다.

자신의 딸은 아직 혼사를 치르지도 못했는데, 어떻게 또 다른 여인을 부인으로 맞이했는지 너무나 서운하였다.

더구나 자신은 이번 전쟁에 도움이 되고자 수시로 백제를 오가며 엄청난 양의 무기와 식량을 준비했었다.

그런데 흠차관이 또 다른 여인과 혼인을 했다는 소문을 접하게 되었다. 그러자 부여문연은 그동안의 노고가 아무짝에도 쓸모가 없는 것만 같았다.

그 일로 크게 낙담하여 한동안 말도 제대로 하지 않았던 그였다.

자신의 아내나 다름이 없는 소천금에게도 말하지 않은 그였지만, 결코 좌절하는 것은 아니었다.

일국의 왕자였지만, 서출이라는 신분 때문에 무시를 당했다. 그럼에도 살아남았던 부여문연이었다.

그는 딸의 장래를 위해 오랜 시간 동안 고민을 하다가 마침내 자신이 가야 할 길을 파악했다.

그리고 지금 이 순간 부여설례에게 그동안 자신이 생각해왔던 구상을 밝히기로 결심을 했다.

"그리 서운해할 것 없다. 자고로 뛰어난 사내에게는 응당 여인이 꼬이는 법이다. 누가 무어라하여도 너는 이제 흠차관의 아들을 출산한 귀한 몸이다. 그러니 언제나 그 점을 잊지 말아야 한다."

"명심하겠습니다."

그러자 부여문연이 몸을 돌려 양평성의 거리를 바라보며 입을 열었다.

"너도 알겠지만 흠차관의 출신이 오래전에 사라졌다는 왕국의 왕자라고 하더구나. 그런데 이번 전쟁으로 인해 잘만하면 네가 흠차관의 첫째 부인이 될 수도 있다."

"예? 그게 무슨 말씀이세요?"

부여설레는 부친의 그런 말이 도무지 이해가 되지 않았다.

엄연히 흠차관에게는 첫째 부인이 있었고, 그녀가 낳은 아들이 존재하였다. 물론 지금은 인질로 잡혀 있지만 그런 사실은 변함이 없었다.

그런데 부친은 자신이 첫째 부인이 될 수도 있다고 하니, 그런 말을 듣고도 놀라지 않는 것이 오히려 이상한 상황이었다.

"지금 계에 인질로 잡혀 있는 이가 누구더냐? 바로 흠차관에게 대항하고자 십삼만 이라는 대병력을 동원한 유주목 공손도의 딸이다!"

"그, 그래서요?"

"상식적으로 생각을 해 보거라. 너라면 자신을 죽이려고 하는 이의 딸과 한평생 함께 살아갈 수 있을 것 같으냐? 부부는 일심동체라 하였다. 그러니 그것은 불가능한 일이다. 더구나 흠차관에게는 많은 신료들이 있다. 그들 또한 이런 사실을 외면할 수 없는 것이 작금의 현실이다."

"그래도 첫째 부인되시는 그분에게는 아들이 있지 않나요?"

그러자 부여무연이 몸을 돌려 딸에게 다가가더니 귓속말로 무어라 말했다.

부여설례는 부친의 말을 듣자 소스라치게 놀라고 말았다.

"아버님!"

"이 모든 것이 너와 내 외손자를 위함이다. 그러니 너는 이 아비가 하는 것을 그저 모른척 지켜만 보면 될 것이다."

"하지만 그리된다면 저는 그분에게 죄를 짓는 것입니다."

부여설례는 자신이 낳은 아들을 흠차관의 후계자로 삼을 것이라고 말하는 부친의 뜻에 도저히 따를 수가 없었다.

그런 그녀의 단호한 모습을 보자 표정이 굳어지는 부여문연이었다.

"어허! 왜 이리 답답한지 모르겠구나. 생각을 해 보거라. 따지고 보면 흠차관은 우리 민족의 시조이신 단군의 후예다. 그런 사실을 잊은 것이더냐!"

"아, 아닙니다. 아버님께서 알려주신 것은 저 역시 가슴깊이 새기고 있었습니다."

"얘야, 우리 민족은 단군의 후손들이다. 그런데 흠차관 또한 단군의 후손이지 않느냐. 그런 분의 후계자가 어떻게 한족 여인이 낳은 아들이 될 수 있다는 것이냐! 너는 정녕 그것을 원하는 것이냐!"

부친의 호통에 부여설례는 무어라 말을 할 수가 없었다.

자신의 부친이 누구이던가. 비록 서출이라지만 백제국의 왕자이다.

그러니 민족의 역사에 대해 어느 정도는 조예가 있었고, 단군에 관한 이야기는 어려서부터 듣고 자랐던 그녀였었다.

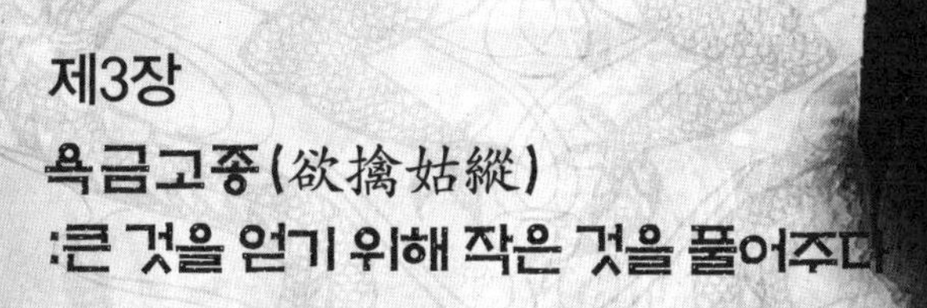

제3장

욕금고종(欲擒姑縱)

:큰 것을 얻기 위해 작은 것을 풀어주다

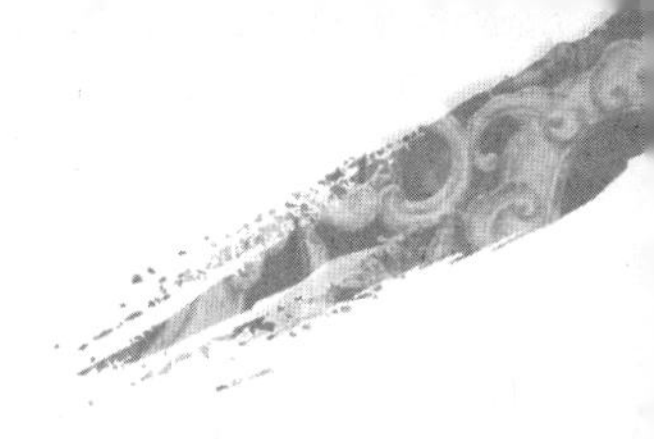

부여설례는 부친이 그런 점을 내세우니 아무리 반대를 하고 싶어도 할 말이 없었다.

더구나 부친은 상고시대(上古時代) 때부터 존재하였던 조선(朝鮮)의 혼(魂)을 흠차관이 계승해 주기를 바라는 것 같았다.

비록 오래전 한(漢)나라의 공격으로 멸망하여 역사의 뒤안길로 사라진 조선이었지만, 흠차관이라면 다시 나라를 재건할 수 있다고 보는 부친인 것 같았다. 물론 자신도 부친의 그런 생각과 별반 다르지 않았다.

멸망한 조선을 재건하고자 하는 부여문연에게 있어 당연

히 한족은 적일뿐이었다. 그러니 한족 출신인 공손도와 그의 딸을 인정할 수가 없는 것이었고, 당연히 공손란 그녀가 낳은 아들 또한 흠차관의 후계자로 인정하지 못하는 것이었다.

"이 아비는 서출이라는 출신의 한계에서 결코 벗어날 수가 없었다. 그동안 말은 안 하였지만 그것이 언제나 이 아비의 가슴에 응어리져 있었다."

"아버님……."

부여문연은 다시 대로가 있는 방향으로 몸을 돌리더니 뒷짐을 진채로 먼 곳을 응시하며 말했다.

"비록 이 아비가 출신의 한계를 어쩌지 못하였지만, 내가 이루지 못한 것을 네 아들을 통해 이루고 싶구나! 내 어떻게 해서든 네가 낳은 아들을 통해 내가 좌절하였던 그 꿈을 이루고 싶구나. 그리해줄 수 있겠느냐?"

그런 말에 부여설례는 평생 동안 간직해 왔던 부친의 애절한 한(恨)이 전해지는 것만 같았다. 그 때문에 그녀는 자신도 모르는 사이에 눈물이 흘러내리고 있었다.

"아비를 도와줄 수 있겠느냐?"

"예, 아버님! 그리하겠습니다!"

그러자 몸을 돌려 딸에게 다가가서 손을 힘껏 붙잡아주는 부여문연이었다.

"고맙구나! 이제부터 너는 그저 흠차관의 마음을 얻기 위해 노력만하면 된다. 나머지는 이 아비가 알아서하마."

"어떻게 하실 것인지요?"

"이번 전쟁은 흠차관의 승리로 끝나게 될 것이다."

아직 전쟁을 치르지도 않은 상태임에도 불구하고 부여문연은 수현의 승리로 전쟁이 끝날 것이라고 단언을 해버렸다.

"왜 그리 생각을 하시는지요?"

딸의 그런 물음에 부여문연은 세세하게 설명을 해주기 시작했다.

그는 흠차관이 그동안 요동에서 이룬 성과는 눈부신 것이라고 말했다.

정치, 경제, 의료, 교육 어느 분야에서든 흠차관의 개혁정책은 큰 성과를 거두었다. 그 덕분에 가난한 농민을 구제하였고, 신분 차별을 폐지하여 능력을 중시하는 풍조를 만들었다고 말했다.

"아비는 신분의 한계 때문에 좌절을 하였다. 그런데 이곳은 자신의 능력만 있다면 얼마든지 신분 상승을 꾀할 수 있는 곳이다. 이러니 어느 누가 노력을 하지 않을 것이냐. 그리고 단기간에 신분 상승을 하려면 당연히 전장에서 전공을 세우는 것이다. 굳이 더 이상 설명할 필요가 없겠지?"

"아버님의 말씀을 듣고 보니 일리가 있네요."

"전쟁에서 승리하게 되면 당연히 이곳 요동과 드넓은 유주전체가 흠차관이 다스리는 영토가 된다. 면적만 놓고 본다면 일국의 영토와 견주어도 무방할 정도로 광활하지."

"서, 설마! 서방님을 통해 왕국을 건설하시려고 그러세요?"

"그래! 내 이번 전쟁이 끝나는 날, 흠차관과 너와의 혼인식을 치를 생각이다. 그러면서 개국을 선포하고, 왕위에 즉위하라는 주청을 할 것이다. 그리만 된다면 너는 일국의 왕후가 되는 것이다! 또한 네가 낳은 아들은 당연히 왕태자가 되는 것이다!"

부여설례는 그런 말을 듣자 너무나 놀란 나머지 멍하니 부친을 바라만 보았다.

자신이 요동에 올 때만 하더라도 이런 생각은 해본적도 없었다. 그저 자신은 아비와 함께 본국에서 내쳐진 가여운 신세라고 여겼었다.

그런데 인생사 호사다마(好事多魔)라고 하더니, 망명지이자 유배지라고 여겼었던 요동에서 다시금 재기에 성공할 줄은 꿈에도 몰랐던 그녀였다. 그런 것은 자신의 부친 또한 같았다.

그리고 그녀는 이 모든 것이 흠차관을 만났기에 가능한 일이라고 생각하였고, 그런 생각에 다시금 자신의 신랑이자 흠차관인 수현의 얼굴이 떠올랐다.

부여문연은 아련한 추억에 잠겨 있는 딸을 위해 조심스럽게 기루의 누각을 내려갔다.

비가 추적추적 내리는 어느 날.

후두두!

후두둑!

어제 늦은 오후에 양평성의 관사에 도착하여 여장(旅裝: 여행할 때의 차림)을 풀었던 흠차관 진수현이었다.

그는 날이 밝자 셋째 부인 마운록과 함께 의동생 조운의 부인 내황공주를 찾아갔다.

예전 수현이 머물렀던 관사를 개조하여 사용하고 있는 조운, 내황공주 부부였다. 두 사람은 흠차관이 방문한다는 소식에 관사 앞 대로에서 기다리고 있는 중이었다.

짧은 기다림 끝에 말을 타고 오는 수현이 보였고, 한 대의 마차와 백여 명에 달하는 호위 병력이 뒤따랐다.

그 행렬의 좌우에는 청룡(青龍, 東), 백호(白虎, 西), 주작(朱雀, 南), 현무(玄武, 北)의 오방신(五方神)을 상징하는 오색 빛깔의 기치(旗幟: 군대에서 쓰던 깃발)를 들은 병사들이 보였다.

수현은 말에서 내려 저택 앞에서 기다리는 조운 내외에게 다가가며 반갑게 말했다.

"동생, 피곤하지는 않은가?"

"하하하, 저야 괜찮습니다."

"공주전하, 오랜만에 뵈옵니다."

"어서 오세요, 형부."

그때 함께 왔었던 마차의 문이 열리더니 마운록이 내렸다.

수현이 마차에서 내리는 그녀를 바라보니 마치 화사하게 피어난 봄꽃처럼 아름다웠다.

"부인, 인사드리시오. 공주전하이시오."

그러자 마운록이 내황공주에게 공손히 절을 올렸다.

여인이 가장 아름다울 때는 누군가를 사랑할 때라고 하였다. 마운록은 수현과 혼인을 하여 꿀처럼 달콤한 신혼을 만끽하고 있었다. 그래서인지는 모르지겠만 그녀는 하루가 다르게 미모가 빛을 발하였다.

내황공주는 내심 마운록의 아리따운 자태에 감탄을 하였다.

그런데 흘깃 눈치를 보니 수현이 흐뭇한 표정으로 그녀를 지켜보는 것이 아닌가.

'휴우, 형부도 어쩌지 못하는 사내라는 것인가.'

저택으로 들어가는 내황공주는 수현의 그런 모습에 적잖이 실망을 하고 말았다.

지금은 유주목 공손도와 언제 전투가 벌어질지도 모르는 일촉즉발의 위태로운 상황이었다.

물론 수현이 잘못한 것은 없었지만, 상황이 한가롭게 지낼 만한 처지는 아니라고 여기는 내황공주였다.

그런데 흠차관이 또 다른 여인을 부인으로 맞이했으니 같은 여인의 입장에서 그리 좋은 모습으론 보이지 않았다.

'그러고 보니 부여설례, 그 아이도 있었구나…….'

내황공주는 종종 자신을 찾아와서 말벗을 해주었던 부여설례가 불현듯이 생각났다. 그리고 얼마 전에 그녀가 아들을 출산했다는 것도 떠올랐다.

그런 기억에 갑자기 흠차관 진수현이 너무나 야속하게만 느껴지는 그녀였다.

부여설례가 자신의 아들을 출산한 것도 모르고 있는 수현이었고, 내황공주에게 그간의 일들을 간략하게 알려주는 것으로 귀환보고를 마쳤다.

그러자 놀라운 말을 전해주는 내황공주였다.

"형부, 혹시 부여설례라는 여인을 어찌하실 의향이신지요?"

"이번 전쟁이 끝나면 혼인을 치를까 합니다."

"그래요. 그럼 그녀가 얼마 전에 형부의 아들을 출산한 것은 아시나요?"

"예! 그게 무슨!"

"표정을 보니 모르고 있었나 보군요. 아마도 적잖이 기다리고 있을 겁니다. 그러니 어서 가보세요."

수현은 뜻밖의 얘기에 적잖이 놀랐지만, 그렇다고 곁에 있는 마운록을 두고 자리를 뜰 수가 없었다.

그나마 서두른 끝에 조운의 저택을 빠져 나왔다.

그러고는 마운록을 자신의 관사에 데려다주고는 방덕을 바라보며 말했다.

"연화대장."

"예, 각하."

"자네 덕분에 안전하게 도착하였네, 그동안 수고하였네."

"당연히 해야 할 일이었습니다."

"그래서 하는 말이네만, 자네에게 새로운 임무를 내리고자 하네. 받아들이겠는가?"

"하명만 하시면 얼마든지 따르겠습니다!"

그러자 수현은 자신의 경호대장 허저를 바라보았다.

"중강, 조당으로 가자!"

"예? 그분에게 가시는 것이 아니십니까?"

"공적인 일이 먼저다! 자네도 따라오게."

"예, 각하."

"조당으로 갈 것이다!"

허저가 우렁차게 외치자 완전무장한 수현의 경호 대원들이 일제히 움직이기 시작했다.

반 시진(1시간) 후.

흠차관은 관청에 들려 가장 먼저 기무원(機務院)의 수장 가후와 독대를 했다. 그 자리에서 흠차관은 지난날에 상정하였던 가후의 계책에 따라 인사를 단행하기로 합의를 보았다.

그런 결정이 나자 수현은 자신의 집무실에서 무언가를 써내려 가기를 반복했다.

그러는 동안 흠차관의 시종 이평은 건네주는 것을 받아 쟁반에 가지런히 정리했다.

"평아, 모두 모였더냐?"

"예, 이미 모든 속관들이 조당에 모여 있습니다."

"그만 가자!"

그러면서 수현은 자리에서 일어나더니 조당으로 향했다.

시종 이평은 그를 호종하다가 조당의 문 앞에 도착하자 우렁차게 외쳤다.

"흠차관 각하 납시오!"

그러면서 이평이 조당으로 들어가는 문을 열더니 한쪽으로 비켜섰다.

그에 수현은 성큼성큼 걸어가 자신의 자리가 있는 곳으로 향했다.

조당에서 대기하던 많은 속관들은 수현이 자리에 앉자 공손히 절을 올렸다.

그들의 인사를 받은 수현이 자리에 앉도록 하였고, 그에 속관들은 각자의 자리에 앉았다.

"대사도는 신임 기무원장과 인사는 나누었는가?"

"그러하옵니다."

"이제부터 내치는 대사도 그대가, 외치는 신임 기무원장이 책임을 지고 이끌어 나갈 것이니 서로 협력하여 주기를 부탁하는 바이네."

"각하의 뜻을 명심하여 따르겠나이다."

"고맙네. 이리 가져오너라."

행정 최고 책임자인 대사도(大司徒) 손소에게 그렇게 부탁을 하는 수현이었다.

손소는 기무원장 가후를 만난 것이 찰나의 순간처럼 짧았다. 그러나 그 짧은 시간 동안 얘기를 나누어보니 그의 학식과 경륜이 비범하다는 것을 알게 되었다. 그러기에 흠차관의 그런 부탁을 기꺼운 마음으로 받아들였다.

시종 이평이 쟁반에 담긴 것을 서탁에 올려두고 물러나자, 수현이 모두를 바라보며 말했다.

"모두가 알겠지만 지금은 전시 상황이다. 이럴 때라면 당연히 군을 일사불란하게 지휘할 군사가 필요하다! 이에 본관은 기무원장 가후를 수석참모에 임명하여 군을 통솔케 하였다. 기무원장은 본관의 명을 받들라!"

그러자 수석참모를 겸하고 있는 기무원장 가후가 자리에서 일어나 흠차관 앞으로 걸어갔다.

수현이 자리에서 일어나더니 부월(斧鉞: 임금의 권위를 상징하는 작은 도끼와 큰 도끼)을 전했다.

"기무원장은 전쟁이 끝나는 그날까지 이것으로 군법이 지엄하다는 것을 모두에게 보이도록 하라!"

"명심하여 거행하겠나이다."

더 이상 수현이 말은 하지 않았지만, 권위의 상징을 전해주었다는 것은 모든 것을 가후에게 일임한다는 뜻이었다. 이는 가후의 명령이 곧 흠차관의 뜻과도 같다는 의미였고, 그만큼 막강한 권한이 가후에게 주어진 것과 같은 의미였다.

그런 의미를 잘 아는 가후는 수현이 내미는 부월을 공손히 받들더니 깊이 허리를 숙여 보였다.

가후에게 부월을 전해준 흠차관이 서탁에 있는 쟁반을 가리키며 말했다.

"이것은 그동안 자네가 제안하였던 계책을 실행에 옮기기 위해 준비한 것이네. 그러니 자네가 직접 명령을 전하도록 하게."

그런 말에 가후가 쟁반에 담겨 있는 것을 살펴보니 관청에서 사용하는 영패(令牌)였다. 흔히 대추나무를 많이 사용하는데 길쭉한 나무 판자를 위쪽은 둥글고, 아래쪽은 반듯하게 다듬은 형태로 되어 있어 둥근 하늘과 네모난 땅을 상징하였다.

가후가 그것을 집어 들어 뒤돌아보며 소리치려고 하는 순간이었다.

그때 갑자기 조당의 문이 열리더니 흠차관의 시종인 이평이 나타났다.

이평은 황급히 수현이 있는 자리로 가더니 귓속말로 무어라 전했다.

순식간에 전해진 짧은 내용이었지만, 그 내용이 전하는 파장은 결코 작지 않아 보였다.

흠차관 진수현이 자리에서 벌떡 일어나더니 속관들을 보며 소리쳤다.

"잠시 정회하겠다! 기무원장은 따라오게."

"예; 각하."

가후는 어떻게 된 영문인지는 몰랐지만, 분위기가 심상치 않음을 느끼고는 황급히 그의 뒤를 따라 밖으로 나갔다.

조당의 복도를 걸어가면서 시종 이평에게 다급히 묻는 흠차관이었다.

"방첩부장은 지금 어디에 있느냐?"

"내실에서 대기하라고 하였습니다."

그러자 수현은 평소 자신이 정무를 보다가 잠시 쉴 때 이용하는 조당에 딸려 있는 내실로 향했다.

기무원장 가후는 그런 흠차관의 뒤를 굳은 표정으로 따랐다.

순식간에 수현이 조당의 내실에 도착하여 문을 벌컥 열었다. 그에 대기 중이던 방첩부의 부장인 공도와 두 명의 사내가 절도 있게 군례를 올렸다.

사냥꾼으로 변장한 두 사내를 보면서 다급히 말하는 수현이었다.

"다시 소상히 말해보라!"

"예! 조금 전 창려현에 있는 제 수하들이 귀환을 하였습니다."

그러면서 공도는 자신의 곁에 있는 두 사내를 흘깃 바라보더니 계속 말을 이어갔다.

"현재 공손도의 군이 창려현에 도착하였다고 합니다!"

그러자 수현이 서탁으로 향하면서 물었다.

"적들의 현황은 어떠하다고 하더냐?"

"상황이 매우 열악하다고 합니다. 저들은……."

방첩부장 공도가 설명하는 것을 경청하는 흠차관은 적들의 식량 사정이 열악하고, 또한 전염병이 창궐하였다는 보고를 받았다.

"전서구를 가져갔더라면 이런 소식을 좀 더 빨리 받아볼 수 있었을 것인데, 아쉽군."

"각하, 자칫 전서구가 발각이라도 된다면 남아 있는 대원들이 위험해질 수 있습니다. 그래서 제가 소지를 금지하였습

니다."

"나도 그런 점은 알고 있다. 말이 그렇다는 것이다."

공도의 말에 그처럼 답을 하더니, 벽면으로 가서 시커먼 천으로 가려져 있는 것을 시종 이평으로 하여금 걷어내게 하였다. 그러자 벽면에는 요동 일대를 나타내는 대형 지도가 있었고, 그것을 바라보면서 말했다.

"기무원장, 방첩대원인 저들이 창려현에서 이곳까지 오는 시간을 감안하면 언제쯤이나 공손도가 이곳에 도착하겠나?"

그러면서 수현은 요하(遼河) 경계에 있는 요수현(遼隧縣)을 손가락으로 짚었다.

요수현은 요하 강변에 위치한 작은 현이다. 그러나 양평성과 안시성으로 향하는 갈림길에 위치하는 요충지였고, 그러기에 매우 중요한 전진 방어 요새나 다름이 없는 곳이었다.

수현은 그곳 요수성에도 수비 병력이 있다지만, 십삼 만에 달하는 공손도의 군을 막아내기에는 역부족이라는 생각이 들었다.

가후는 흠차관 진수현의 곁으로 가더니 평소와 다름없이 진중한 모습으로 답을 했다.

"저 둘이 창려현에서 출발한 시간을 감안하여, 대략 한 달 후에 공손도의 군은 요수현 건너편에 도착할 것입니다."

"대병력이 움직이려면 그 정도의 시간은 필요하겠군."

"그러하옵니다."

"그럼 적은 필시 강을 건널 것이고, 아군은 이곳 요수성에서 적들을 막아야 하겠는가?"

"각하, 잠시 저 둘에게 알아볼 것이 있습니다. 그런 연후에 계책을 진언하겠습니다."

"그리하게."

그러자 가후는 방첩부장 공도의 수하 둘에게 이런저런 시시콜콜한 것을 물었다.

수현은 그런 가후를 물끄러미 바라보았다.

'저런 면은 나도 배워야겠구나…….'

흠차관 진수현은 남들이 들으면 아무것도 아닌 것들을 세세하게 묻는 가후의 모습에 살며시 고개를 끄덕이며 그런 생각을 했다.

잠시 동안 공도의 수하들에게서 필요한 것들을 파악한 가후였고, 이내 지도를 뚫어져라 바라보다가 입을 열었다.

"각하, 제가 양평성에 도착한 후에 대사도를 만난 적이 있었습니다. 그때 저에게 작년 겨울부터 가뭄이 극심하다고 하였습니다."

"나도 그런 보고를 받았네, 이러다 때를 놓쳐 한 해 농사를 망치지나 않을지 걱정이라네."

"각하, 외람되오나 제가 걱정하는 것은 농사가 아닙니다. 적들은 가뭄이 극심하여……."

가후는 지난해 겨울부터 시작된 극심한 가뭄과 갈수기(渴水期: 한 해 동안에 강물이 가장 적은 시기)가 겹치다 보니 요하의 수위가 낮아졌다고 말했다. 그 때문에 공도의 수하들도 너무나 쉽게 강을 건넜다고 하였다.

그러기에 적들 또한 어렵지 않게 도강을 할 것이라고 설명을 했다.

"그럼 어찌해야 하는가? 적들이 아무런 어려움 없이 요하를 도강한다면 요수성이 위태롭게 되네."

"그리 걱정하실 필요는 없다고 여겨집니다. 공손도는 창려현에 도착은 하였지만 전염병이 창궐하고, 식량이 부족해지니 조바심이 날것입니다. 그러니 그는 일거에 이곳 양평성을 점령하려고 할 것입니다."

"그것을 막아낼 좋은 계책이 있는가?"

그러자 그때부터 가후는 막힘없이 모종의 계책을 흠차관에게 진언하기 시작했다.

그의 작전 설명을 듣는 수현은 내심 감탄했다. 마치 거미가 거미줄을 치는 것처럼, 가후의 계책은 주도면밀하였고, 어색한 것이 전혀 없어 보였다.

그렇게 자신의 계획을 밝힌 가후였고, 흠차관을 향해 절을 하면서 말했다.

"각하께서 승낙을 하시면 이대로 계책을 실행에 옮길까 합니다."

"그리하시게."

그러면서 수현은 가후의 손을 붙잡으며 말했다.

"그대를 만난 것은 내게 있어 일생일대의 행운이나 다름이 없다고 생각하네. 진심으로 내게 와주어서 고맙네."

"각하께서 그처럼 말씀을 해주시니 떨리는 가슴을 주체하기가 어렵습니다."

수현은 가후의 그런 말에 진심으로 고맙고, 기뻤다. 만약 가후를 자신의 사람으로 만들지 못했다면 두고두고 후환거리가 되었을 거라고 생각했다.

원래의 역사대로라면 뛰어난 정치가이면서 전략가인 조조를 죽음 직전까지 몰아붙였던 가후였다. 그토록 뛰어난 가후였고, 그런 그가 조조 밑에 있다는 것을 가정하자 섬뜩해지는 흠차관이었다.

그러나 이제는 그런 걱정을 할 필요가 없으니 정말이지 천군만마를 얻은 것보다도 든든해지는 수현이었다.

"그럼 조당으로 가서 자네의 계책대로 실행에 옮기면 되겠는가?"

"그전에 할 일이 있습니다. 방첩부장은 앞으로 양평성의 출입을 철저히 파악하라! 언제 적들의 간세가 잠입할지 모르니 경계에 만전을 기하라!"

"예! 원장님!"

"각하, 이만 가시지요."

수현은 내실을 나와 조당으로 다시 들어갔고, 간략하게 공소도 군의 현황을 전해주었다.

그렇게 모든 속관들에게 현재의 상황을 주지시키더니 가후를 바라보며 입을 열었다.

"기무원장은 작전 계획을 실행에 옮기게."

그러자 속관들이 있는 곳으로 고개를 돌린 가후였고, 가장 먼저 막호발을 호명했다.

"호조판서!"

그의 부름에 노구의 몸으로 참석했던 막호발이 자리에서 일어났다. 그는 가후를 향해 공손히 허리를 숙여 보이며 말했다.

"호조판서, 막호발. 현신이오."

가후는 호조판서 막호발이 공손한 자세로 현신(現身: 아랫사람이 윗사람에게 예를 갖추어 자신을 보이는 일)하자 쟁반에 있는 영패를 집어 들었다.

"그대는 준비가 되는 즉시……."

가후는 막호발에게 봉천총관부(奉天摠管府)의 모용목연 부사(府史)를 찾아가라는 명령을 하달했다. 그러면서 그와 함께 공손도의 후방을 교란시키라고 말하였다.

"군령을 받들겠나이다."

막호발은 아들과 함께하라는 가후의 명령을 순순히 받아들였고, 앞으로 나가서 영패를 받아 챙겼다.

그러자 이번에는 태사자가 있는 곳을 바라보는 가후였다.

"이조판서! 그대에게 이천의 기병을 내어주겠다. 그대의 빙장과 함께 봉천으로 가서 부사를 돕도록 하라!"

"명을 받들겠습니다."

태사자는 장인과 함께하라는 명령에 막호발이 그러했던 것처럼 공손히 영패를 받아 챙겼다.

그런 가후의 지시는 조당에 있는 사관(史官)들에 의해서 낱낱이 기록이 되었고, 작성된 명령문은 흠차관에게 곧바로 전해지고 있었다.

또다시 손에 영패를 들은 가후는 잠시 조당을 훑어보다가 누군가를 호명했다.

"단걸진은 앞으로 나와 명을 받들라!"

가후의 외침에 조당의 말석에 있던 단걸진이 자리에서 일어나더니 앞으로 걸어갔다.

그러고는 가후를 향해 공손히 예를 올렸다.

"그대를 이시각부로 군후에 임명한다. 그대는 준비가 되는 즉시 단부로 가서 그들과 협상을 진행하라!"

"제가 그들에게 조건으로 제시할 수 있는 것은 어느 선까지인지요?"

"그대에게 전권을 부여한다! 그들이 가장 필요로 하는 소금, 철, 의복, 식량을 제공하겠다고 하게. 또한 공손도 군을 공격하여 얻는 전리품을 인정해 주겠다고 하게!"

"명심하겠습니다."

"방덕은 명을 받들라!"

그러자 방덕이 벌떡 자리에서 일어나더니 가후 앞으로 나아갔다.

가후는 방덕에게도 영패를 전하면서 지시를 내렸다.

"그대를 이시각부로 둔장에 임명한다! 방덕 그대는 연화대를 통솔하여 단결진을 호위함에 만전을 기하라!"

"명을 받드옵니다!"

후한시대 군대의 편제는 군(軍), 부(部), 곡(曲), 둔(屯), 십(什), 오(伍)로 되어 있다.

이때 가후에게서 군후(軍侯: 곡(曲) 담당. 천인장급)로 임명받은 단결진은 사신단의 정사였다. 그리고 둔장(屯長: 백인장급)으로 임명받은 방덕이 사신단의 부사였다.

가후는 단부족들과 협상을 진행하는 데 많은 병력이 동원된다면 오히려 역효과를 낼 수 있다고 판단하였다. 그래서 50명이 조금 넘는 인원으로 구성된 연화대(蓮花隊)를 파견하기로 결정을 한 것이다.

그리고 방덕은 아직까지 전공을 세운 것이 없었기에 가후의 그런 결정에 흔쾌히 따랐다.

또다시 영패를 집어든 가후였고, 이번에 그가 호명한 사람은 아문장군(牙門將軍) 관해였다.

"관해는 명을 받들라!"

그러자 관해가 자리에서 벌떡 일어나더니 가후를 향해 나아갔다.

가후는 시종에게 지도를 가져오게 하였고, 이내 커다란 가림막에 부착되어 있는 요동 일대의 지도가 조당으로 들어왔다.

수현은 가후의 그런 지시에 호기심이 생겨 물끄러미 가죽으로 만든 그 지도를 바라보았다.

가후는 양평성(襄平城)의 서남방면에 위치한 수산(首山)을 가리키며 명령을 하달했다.

"자네에게 일만의 병력을 내어 주겠다. 공손도가 이곳 요수현에 도착하는 즉시 그대는 병력을 이끌고 수산으로 가서 매복하라!"

"명을 받들겠습니다!"

관해에게 그런 명령을 내린 가후는 쟁빈에서 또 다른 영패를 집어 들었다.

가후는 손에 영패를 든 채로 무관들이 모여 있는 곳에서 가장 상석에 있는 조운을 바라보았다.

"조운은 명을 받들라!"

근엄한 가후의 외침에 묵묵히 자리를 지키고 있었던 조운이 벌떡 일어났다.

조운은 마침내 자신이 나설 차례라는 것에 전의를 다지면서 천천히 걸음을 옮겨 나아갔다.

가후는 조운의 활약상을 이미 흠차관을 통해 익히 들어왔었다. 그러기에 가장 어려우면서도, 이번 계책의 핵심이라고 할 수 있는 임무를 그에게 하달하려고 하였다.

"정동장군, 조운! 현신이오!"

조운이 흠차관을 향해 공손히 허리를 숙여 보이면서 소리쳤다.

그러자 가후는 지도에 표기되어 있는 요수성을 가리키며 말했다.

"그대에게 이천의 기병을 내어줄 것이니 즉시 요수성으로 떠나라. 조운, 그대는 요수성에 주둔을 하다 공손도가 요하에 도달하거든 수비 병력을 이끌고 퇴각하라!"

"적을 상대하는 것이 아니라, 퇴각을 하라는 것입니까?"

가후의 지시에 잔뜩 굳은 표정으로 그처럼 말하는 조운이었다. 어떻게 보면 조운의 그런 반응은 당연한 것이었다. 자기 딴에는 적군을 상대로 잔뜩 전의를 불태웠었다. 그런데 이건 싸워보지도 않고 퇴각을 하라고 하니 그것이 못마땅한 것이었다.

그런 조운의 반응에 가후는 입가에 엷은 미소를 보여주더니 몸을 돌렸다. 그러면서 흠차관에게 공손히 허리를 숙인 후에 말했다.

"각하께옵서 장안으로 떠나실 때 이런 일들을 예상하신 것으로 알고 있습니다. 그리하여 공손도를 막을……."

가후는 수현에게 견벽청야(堅壁淸野)를 거론했다.

흠차관은 가후의 말에 이미 요수현 일대의 모든 군수물자와 식량, 식수를 없애 버렸다는 사실을 상기하면서 말했다.

"조운을 요수성으로 보내는 것은 그나마 성에 남아 있는 물자들을 사용할 수 없게 만들기 위함인가?"

"그러하옵니다. 각하, 요수성이 중요하다는 것은 저 또한 충분히 인지를 하고 있사옵니다. 하나, 전염병이 창궐하고 식량이 부족한 지경인 공손도라면 분명 맹렬히 성을 공격할 것이옵니다. 비록 요수성이 중요하다지만 공손도의 맹공을 버텨낼 만큼 견고한 성은 아닙니다."

"그럼 요수성을 저들에게 내어준 후에는 어찌할 것인가?"

"각하, 욕금고종이라 하였습니다."

"그게 무슨 뜻인가?"

"큰 것을 얻기 위해서는 작은 것을 베풀어야 한다는 뜻입니다. 유주목 공손도를 잡기 위해서는 요수성만 한 미끼도 없을 것이옵니다."

그런 설명에 흠차관 진수현은 자신의 분신이나 다름없는 의동생 조운을 보며 말했다.

"이보시게, 동생."

"예, 형님."

"들어보니, 이번 작전에서 자네의 역할이 매우 중한 것 같네. 그러니 기무원장의 뜻에 따라주시게."

"형님, 제가 미처 그런 내막이 있는 줄은 몰랐습니다. 송구스럽습니다. 형님의 뜻에 따르겠습니다."

"괜찮네."

"기무원장, 제가 성급하였습니다. 미안하게 되었습니다."

"아닙니다. 저 또한 거두절미하고 본론부터 꺼낸 실수가 있었습니다. 그러니 괘의치 않으셔도 됩니다."

"그처럼 말씀을 해주니, 고맙습니다."

"자, 그럼 기무원장은 마저 설명을 해주시게."

그러자 기무원장 가후는 다시 지도가 있는 곳을 바라보았다. 그러면서 그는 요수성을 손으로 짚으며 조운이 후퇴할 때 어떻게 해야 하는지를 설명했다.

"조운 장군이 요수성을 버리고 후퇴한다면 당연히 공손도는 의심을 할 것입니다."

그러면서 가후는 양평성(襄平城) 인근에 위치한 수산(首山)을 가리키며 말했다.

"이곳 수산으로 퇴각을 하는 동안 성을 버렸다는 것을 공손도가 믿도록 만들어야 합니다. 그러기 위해서는……."

가후는 조운에게 후퇴하면서 병사들이 노숙한 흔적을 매일 절반으로 줄이라는 지시를 내렸다.

그러면 식량 부족과 전염병에 시달리다 보니 조바심이 생긴 공손도이고, 다급한 그는 속전속결로 결착을 보려고 반드시 추격을 해올 것이라고 말했다.

"그런 식으로 공손도의 군을, 이곳!"

가후는 지도의 한 부분을 손가락으로 짚더니, 만군을 지휘하는 사령관이 위엄에 찬 모습으로 호령을 하듯이 소리쳤다.

"수산으로 유인하라! 그런 후에 관해와 협력하여 적을 기습공격하라! 조운, 그대는 할 수 있겠는가!"

가후는 이번 작전 계획에서 핵심 임무인 유주목 공손도의 군을 유인하기 위해서는 조운의 역할이 가장 중요하다고 생각했다. 그러기에 그는 조운을 바라보며 답을 기다렸다.

그러자 조운이 결의에 찬 표정으로 단호하게 답했다.

"맡겨만 주신다면 놈들을 반드시 수산으로 유인하여 섬멸하겠습니다!"

"다시 말하지만 어설프게 적들을 상대하면 유인책이라는 것이 발각이 될 것이다! 그러니 반드시 적들이 믿게끔 해야만 한다!"

"예! 명심하겠습니다!"

가후는 몸을 돌려 수현을 바라보며 깊이 허리를 숙여 보였다.

"각하, 이제 모든 계책은 발동이 되었나이다. 각하께서는 저와 여기에 있는 유엽 군사와 경호대장 허저와 함께 이곳 양평성을 사수하면 되시겠습니다."

"수고하였네, 모두들 기무원장의 지시에 한 치의 어긋남이 없도록 실행하라!"

그렇게 흠차관이 지시를 내리더니 조당을 나갔다.

그러자 가후에게서 지시를 받은 이들은 자신에게 주어진 임무를 실행하기 위해 분주하게 움직였다.

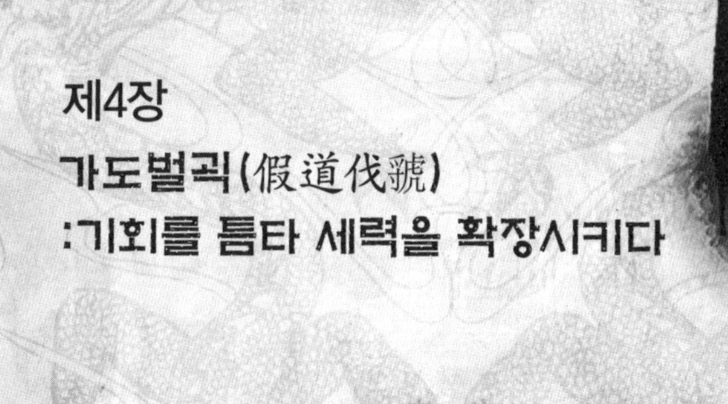

제4장

가도벌괵(假道伐虢)

:기회를 틈타 세력을 확장시키다

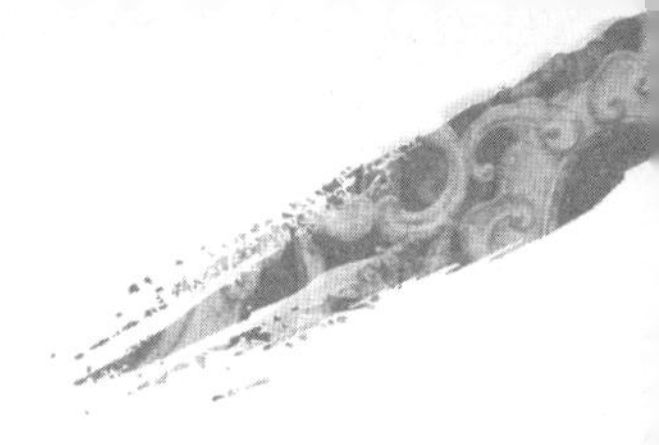

한편, 수현은 조당을 나와 곧바로 태원상단이 있는 곳으로 향했다.

경호대장 허저의 호위를 받으면서 상단의 기루에 도착했을 때는 해가 서산마루로 넘어간 어슴푸레한 초저녁 무렵이었다.

백제국에서 귀순한 사람들의 관리를 맡은 이는 백제 왕자이면서, 흠차관에게서 백제대홍려(百濟大鴻臚)라는 관직을 제수받은 자였다. 또한 그의 또 다른 신분은 태원상단의 단주였다.

단주 부여문연은 흠차관에게서 미리 언질을 받았다. 그러기에 태원상단의 기루 앞에서 수현이 오기만을 기다리고 있었다.

그러던 중에 기다리고 있었던 흠차관이 나타났고, 부여문연은 예비 사위를 반갑게 맞이했다.

"각하, 오신 것을 환영합니다."

"오늘에서야 소식을 듣게 되었습니다. 정말이지 면목이 없습니다."

"아닙니다. 이처럼 제 여식을 잊지 않고 찾아와 주신 것만으로도 저는 기쁩니다."

"그리 말씀을 해주시니 그나마 한시름 덜겠습니다."

"안으로 드시지요."

수현은 그를 따라 기루의 별채로 향하면서 망설였다.

마음 같아서는 부여설례의 행방을 묻고 싶었다. 하지만 이유야 어찌되었건 그녀가 홀로 자신의 아들을 낳은 것에는 변함이 없으니 죄인의 심정이나 다름이 없었다.

그 때문에 수현은 차마 궁금한 것은 묻지를 못하였고, 애꿎게 잡스러운 일상에 관한 이야기만 나누면서 걸었다.

그렇게 움직인 끝에 별채에 딸려 있는 내실로 들어서자 자리를 권하는 부여문연이었다.

소탈하게 꾸며져 있는 내실에 자리를 잡고 앉자 부여문연은 그제야 수현이 기다렸던 애기를 꺼냈다.

"잠시만 기다리시면 설례가 올 것입니다."

"면목이 없습니다."

"아닙니다, 각하께서는 공적인 일로 장안으로 가시지 않으셨습니까? 국사를 돌보다 보면 그럴 수도 있는 법이지요."

"아버님."

갑자기 문밖에서 부여설례의 음성이 들려왔다.

그러자 수현은 자신도 모르게 자리에서 벌떡 일어나더니 문이 있는 곳으로 고개를 돌렸다.

"들어오너라."

그 소리에 문이 조금씩 열리며, 강보를 품에 안은 채로 내실에 들어오는 부여설례가 보였다.

"오··· 오셨는지요?"

"자, 잘 지내셨소?"

"예."

몸이 멀어지면 마음도 멀어진다더니, 두 사람은 마치 오늘 처음 만난 사이처럼 너무나 어색하기만 하였다.

그러자 보다 못한 부여문연이 딸에게 다가가 말했다.

"각하, 이 아이를 한번 보시지요. 각하를 빼닮았습니다."

그런 말에 수현이 그녀에게 다가가더니 강보에 싸여 있는 갓난아기를 바라보았다.

앙증맞은 작은 손과 젖살이 올라 통통한 아기를 바라보자,

수현은 자신도 모르게 입가에 함박웃음을 내보였다.

"이 아이가 내 아들이라니……."

수현은 그동안 그 누구에게도 말하지 않았지만, 자신의 장남이 공손도에게 인질로 잡혀 있다는 것에 가슴이 찢어지는 것만 같았다. 갖은 고초를 겪으며 지금의 자리에 오른 흠차관이었다. 그러니 첫 아들에 대한 애정은 남다를 수밖에 없었다.

그런데 그런 귀한 아들이 지금은 얼굴조차 볼 수 없는 상황이었다.

정말이지 초인적인 인내심을 발휘하며 참아왔었던 그였다. 그런 중에 젖먹이 둘째 아들을 보게 되자 그동안 참아왔었던 감정이 일시에 터져 버렸다.

감정이 격해진 수현이 주르륵 눈물을 흘리자 놀라는 부녀였다.

그러나 두 사람 또한 지금의 수현이 어떤 심정이라는 것을 충분히 느꼈기에 아무런 말도 하지 못했다.

다음날 아침.

수현은 부여설례와 함께 밤을 보냈다.

부여설례는 날이 밝자 조당으로 등청하기 위해 준비하는 수현을 도와주었다.

관복을 말끔하게 차려입은 수현이 그녀를 보며 말했다.

"밤새 생각을 해봤는데, 아이의 이름을 겸으로 하려고 하오."

"겸이라고 하셨는지요?"

"그렇소. 이 아이는 훗날 내 후계자가 될 것이오. 그러니 언제나 겸손함을 잊지 말라는 뜻에서 아이의 이름을 진겸으로 할 것이오. 당신은 어떻게 생각하시오?"

"진겸… 저도 그 이름이 마음에 듭니다."

"그리고 혼인은 이번 전쟁이 끝나면 치를 것이오. 그때까지만 참아주시오."

부여설레는 자신의 혼인은 물론이고, 태어난 아들의 이름까지 정해지자 환하게 웃어 보였다.

수현은 등청 전에 부여문연과 독대를 하였다.

그리고 그 자리에서 부여문연이 청하는 것을 들어주겠다고 약속을 하였다.

그 약속이라는 것은 당연히 전쟁이 끝나면 부여설레와 성대한 혼례식을 치르겠다는 것이었다. 하지만 수현은 전쟁이 끝나는 날 부여문연이 또 다른 것을 바라고 있다는 것은 미처 모르고 있었다.

후한(後漢) 초평(初平) 4년(193년), 음력 3월 중순.

만리장성(萬里長城)!

북쪽의 흉노족 침입을 막기 위해 진(秦)나라 시황제가 증축하면서 쌓은 산성이었다.

진의 시황제는 생전에 세 가지의 대규모 토목공사를 단행했었다. 만리장성 축조가 그 하나였고, 또 다른 것은 그 이름도 유명한 아방궁 축조였다. 그리고 운하를 정비하여 수도 함양 인근까지의 수로를 확보할 수 있게 하였다.

훗날 아방궁은 항우에 의해 불타 버렸지만, 만리장성과 운하는 오늘날까지도 그 형태가 보존되어 있었다.

그 만리장성의 북쪽 끝자락에 위치한 거용관(居庸關)!

거용관은 오늘날 북경으로 알려져 있는 계(薊)에서 북서쪽으로 150여 리(里) 떨어진 곳에 위치했다.

전국시대 연나라가 축조한 작은 요새에서 시작되어, 시간이 갈수록 증축이 되더니 지금은 유주의 주도 계의 북쪽 지역을 방비하는 중요한 관문으로 자리매김하고 있었다.

유주(幽州) 상곡군(上谷郡)!

현재 상곡태수(上谷太守)는 오환의 대족장 구력거이다.

황숙 유우가 생존했을 당시 오환의 대족장 구력거는 그에게 귀순하였다.

그러다가 황숙 유우가 반동탁 연합에 참가하였던 제후들의 주청으로 천자를 대신하여 관직을 제수할 수 있는 영상서사(領

尙書事)에 오르게 되었다.

이때 황숙 유우는 자신을 따르던 여러 사람들 중에 구력거를 상곡태수에 임명하게 되었다. 그러면서 구력거에게 계의 관문인 거용관의 방비를 부탁하기에 이르렀다.

그런 부탁을 받자 구력거는 거용현(居庸縣)에 머물면서 관문을 어려움 없이 지켜냈다.

타계한 황숙 유우의 자리를 물려받았던 이가 그의 사위인 유주목 공손도였다.

공손도 그는 오환의 대족장인 구력거에게 중요한 관문인 거용관(居庸關)의 수비를 맡기는 것이 불안하였다. 하지만 아무런 이유도 없이 구력거를 내치게 된다면 오환부족들의 반발이 있을 것이라는 것을 누구보다도 잘 알고 있었다.

그러기에 유주목 공손도는 불안하지만, 어쩔 수없이 구력거에게 관문의 방비를 맡길 수밖에 없었다.

그러던 와중에 마침내 답돈이 은밀하게 이동한 끝에 고향 오환산(烏桓山) 인근에 있는 난평현(灤平縣)에 도착하게 되었다.

답돈은 흉차관을 따라 요동으로 갈 때 대동하였던 50의 기병들과 함께 무사히 귀향을 하였고, 기무원장 가후의 부탁을 이행하기 위해 숙부 구력거가 있는 거용현(居庸縣)으로 향했다.

그러나 안타깝게도 답돈이 숙부를 만났을 때에는 이미 구력거의 수명이 다해가는 시점이었다.

구력거는 병색이 완연한 모습이었고, 침상에 누운 채로 조카 답돈과 힘겹게 얘기를 나누고 있었다.

"답돈아."

"예, 숙부님."

"너는 내 후계자다. 그래서 네게 어려운 부탁을 하고자 한다. 들어줄 수 있겠느냐?"

마치 죽음을 앞둔 이가 마지막으로 부탁하는 모습이었고, 답돈은 침울하게 표정이 변하면서 답을 했다.

"예, 말씀만 하시면 뭐든 들어 드리겠습니다."

"누반이 걱정이구나. 그 아이가 장성할 때까지 보살펴 줄 수 있겠느냐?"

그처럼 말하는 구력거에게는 늦은 나이에 보았던 아들 누반이 있었다. 지금 구력거는 자신이 죽으면 어린 아들의 안위가 걱정이 되어 그런 요구를 한 것이다.

흠차관을 만나기 전의 답돈이라면 그런 숙부의 말이 내심 서운할 것이었다. 하지만 흠차관을 따르는 지금의 그에게 있어 흉노제국의 황제를 뜻하는 선우(單于)라는 자리는 그다지 미련이 없었다.

척박한 환경에서 살아가는 것보다는 지금처럼 지내는 것이 훨씬 마음에 드는 답돈이었다. 그리고 무엇보다도 흠차관과 함께 드넓은 대륙을 호령하고 싶었다.

"알겠습니다. 누반 그 아이가 성년이 되는 날 저는 물러나겠습니다."

"고맙구나. 너도 알겠지만 나는 한때 반란군을 이끌었다."

"아닙니다! 저들 한족들에게는 숙부님이 반란군의 수장으로 보이겠지만, 우리 오환부족들에게 있어 숙부님은 영웅이십니다!"

"그리 말해주니 고맙구나. 만약 그때 황숙께서 나를 거두어 주시지 않았더라면 아마도 토벌을 당해 참살을 면하지 못했을 것이다."

숙부 구력거의 말에 답돈은 아무런 말을 할 수가 없었다.

자신이 생각해도 시간 문제였을 뿐이지 토벌은 피할 수 없다고 여겼다. 그 때문에 물끄러미 숙부를 바라만 보았다.

"솔직히 말해 보거라, 내 너를 흡차관과 함께 요동으로 보낸 것은 나름의 뜻이 있었기 때문이었다. 그런데 갑자기 이렇게 찾아온 이유가 무엇이더냐?"

"사실은……."

답돈은 그동안의 사정을 구력거에게 소상히 전해주기 시작했다.

구력거는 조카의 말에 놀라지도 않았다. 아니, 오히려 내심 이런 일이 터질 것이라고 예상한 모습이었다.

"끝내 공손도 그자가 일을 그렇게 만들었구나."

구력거는 황숙의 죽음 이후 공손도가 독단적으로 일을 처리한 것이 못마땅하여 이곳 거용현으로 와버렸다. 물론 그런 결정을 내린 이면에는 황숙 유우의 죽음과 관련이 있는 공손기란 자를 불러들인 것이 가장 컸다.

그는 이곳 거용현에서 태수로 지내면서 유주목 공손도의 소문을 간간이 접하였고, 언젠가 오늘 같은 일이 터질 것이라고 생각을 해왔었다.

"숙부님, 그런데 기무원장이 제게 은밀하게 한 가지 부탁을 해왔습니다."

"네가 갑자기 이곳에 나타난 이유가 그 부탁 때문이더냐?"

"그렇습니다."

"그럼 아마도 공손도의 식솔들을 죽이라는 부탁이겠지?"

"세상에! 숙부님! 그것을 어찌 아셨습니까!"

"돌아가는 상황을 살펴보면 쉽게 예측할 수 있는 일이다."

답돈은 내심 숙부의 그런 면에 놀라고 말았다. 그러면서 과연 뿔뿔이 흩어져 있던 부족들을 하나로 통일시킨 숙부라는 생각을 하게 되었다.

그때 의원이 들어오더니 구력거에게 몇 마디 물었다.

그러고는 그가 누워 있는 침상 근처에 있던 타구(唾具: 가래나 침을 뱉게 한 다음 이를 보고 진단과 처방을 내림)를 가져

갔다.

그 의원이 밖으로 나가자, 물을 몇 모금 마시는 구력거였다.

그러자 답돈이 조심스럽게 말했다.

"기무원장이 제게 흠차관의 부인과 아들을 죽이라고 하였습니다. 정말로 그리해도 되겠는지요?"

"그게 무슨 말이냐! 공손도의 처자식이라면 그럴 수도 있다. 하나, 흠차관의 아들을 죽인다면 그 뒤를 누가 있어 이어간다는 것이더냐!"

"실은 제가 요동에 있을 때 흠차관이……."

답돈은 그동안 요동에서 지내는 동안 알게 되었던 흠차관과 부여설례의 관계를 소상히 전해주기 시작하였다.

구력거는 그런 설명을 듣게 되자 왜 기무원장이라는 자가 자신의 조카에게 그런 부탁을 했는지 그제야 납득이 되었다.

"실로 그 기무원장이란 자는 무서운 자로구나. 하긴, 훗날을 생각하면 그자의 생각이 옳구나."

"그럼 제가 그자의 말에 따라야 하는 것입니까? 다른 이도 아니고 흠차관의 아들입니다! 세상에 영원한 비밀이라는 것은 없습니다. 자칫 후환거리가 될 것만 같아 걱정입니다."

"흐음……."

조카의 말에 구력거 또한 걱정이 되었다.

만에 하나라도 이런 일이 외부에 알려진다면 흠차관과 자신의 부족이 철천지원수가 되는 것은 불을 보듯 뻔했다.

그런데 구력거와 답돈은 이런 것을 준비한 기무원장 가후에게 숨겨진 암계가 있었다는 것을 전혀 파악하지 못했다.

가후는 흠차관을 따르기로 결심을 한 후부터 내심 걱정이 되는 것이 하나 있었는데 바로 이민족들이었다.

선비족들이야 여러 부족들로 나누어져 있는 터라 걱정이 되지는 않았다.

그러나 가후의 가장 큰 근심거리인 흉노(匈奴)는 얘기가 달랐다.

한(漢)나라를 건국한 유방이었고, 대륙을 통일하는 대단한 업적을 이룬 그였다. 하지만 그런 유방도 흉노에게 패하였다.

그에 화친의 조건으로 매년 많은 양의 금과 은, 견직물, 술, 식량 등을 보내야만 하였다. 그것으로도 부족하여 황실의 공주를 흉노의 황제인 선우에게 시집을 보내야 할 정도였다.

그나마 근래에 그런 흉노를 정벌하여 조공 관계를 청산하기는 하였지만, 한족 출신인 가후에게 있어 흉노는 결코 무시할 수 있는 만만한 존재가 아니었다.

그래서 오랜 고민 끝에 가후는 한 가지 암계를 마련하기에 이르렀다.

공손도의 딸과 아들을 죽이는 일을 흉노의 일족인 오환의 답돈에게 맡기기로 한 것이다. 만약 답돈이 흠차관의 아들을 죽인다면, 당연히 그 일을 숨겨야만 하였다. 그렇게 된다면 그런 비밀을 숨기기 위해서라도 오환의 답돈은 흠차관을 배신하지 못할 것이라고 보았다.

그러기에 가후는 공손도의 딸과 아들을 죽이는 일을 답돈에게 맡긴 것이다. 물론 흠차관의 후계자로 공손도의 손자가 되는 것도 막을 심산이었다.

가후의 그런 암계를 파악하지 못한 구력거는 한참이나 고민에 잠겨 있었다.

얼마나 시간이 흘렀을까?

한참이나 말없이 고민을 하던 구력거가 힘겹게 팔을 움직이더니 조카 답돈의 손을 붙잡았다.

"공손도의 딸은 황숙의 손녀다. 알고 있느냐?"

"물론입니다."

"아무리 상황이 변했다지만 은혜를 입은 내가 황숙의 혈육을 어찌 죽일 수 있겠느냐."

"그, 그럼 저는 어찌해야 합니까?"

"네가 그 둘을 은밀히 부족들이 살고 있는 곳으로 데려가서 편히 지낼 수 있게 해주어라. 그것이 황숙의 은혜에 보답하면서도 훗날을 위한 방비가 될 것이다."

"훗날을 위한 방비라니요?"

"너도 알다시피 이번 일은 공손도가 장남을 후계자로 지목

하였기에 일어나게 되었다. 만약에 흠차관이 그 동쪽에서 왔다는 여인이 낳은 아들을 후계로 정하면, 무슨 일이 생길지는 아무도 모른다."

"하긴 그렇습니다. 저도 공손도가 이처럼 나올 줄은 미처 예상을 못했습니다. 아무리 아들이라지만 흠차관에 비할 바는 아니지요. 그런 놈을 후계로 삼다니, 공손도 그자는 제정신이 아니지요."

"그런 일이 흠차관에게도 생길 수가 있다. 그러니 너는 은밀히 공손도의 딸과 손자를 부족으로 데려와서 편히 지내게 해주어라. 그러다가 만일에 흠차관의 아들이 우리 부족을 핍박하거든 그때 공손도의 손자가 살아 있다고 밝혀야만 한다. 그리해서 그 아이가 정식으로 흠차관의 후계라고 주장을 해야만 한다. 무슨 뜻인지 알겠느냐?"

"명심하겠습니다. 그러기 위해서는 계획대로 제가 계를 점령해야만 합니다."

그러자 구력거는 힘없이 고개를 끄덕거리더니, 갈증을 풀기 위해 물을 마셨다.

한편, 그 무렵의 요동수군도독(遼東水軍都督) 감녕(甘寧).

유주(幽州) 요동군(遼東郡) 영구현(營口縣)에 위치한 요동수군의 병영.

도독 감녕은 흠차관에게서 받은 명령을 이행하느라고 분주하게 준비를 하였다. 그는 병사들을 조련시키고, 군수물자를 확보하는 등의 일에 심혈을 기울였다.

그리고 마침내 5천의 별동대를 이끌고 계(薊)에 인접한 옹노현(雍奴縣)을 점령하기 위해 출항을 지시하였다. 이때 아문장군 서황과 군사 만총이 수군도독을 보좌하기 위해 참전을 하였다.

철썩!

철썩!

선단을 이끌고 항진하는 기함의 뱃머리를 강타하는 파도소리가 들렸다.

바다 갈매기들은 거친 물살을 헤치고 나아가고 있는 선단의 상공을 선회하였고, 마치 병사들의 장도(壯途: 중대한 사명이나 뜻을 품고 떠나는 길)를 기원하는 것만 같았다.

수군도독 감녕이 탑승한 기함은 선단에서 가장 크고, 화려한 누선(樓船)이었다.

한무제(漢武帝)가 고조선을 공격했을 때에도 누선이 활용되었다는 기록이 전해졌다. 전한(前漢)시대의 역사가인 사마천(司馬遷)이 저술한 사기(史記)에 그런 기록이 남아 있다.

그 기록에 따르면, 누선은 크기와 형태가 다양하다고 하였다.

기함은 모두 3층의 누로 구성이 되어 있었고, 수군을 일컫는 누선사(樓船士)들이 3백이나 탑승할 수 있는 대형 함선이었다.

누선은 1층을 여(廬), 2층은 비여(飛廬), 최상층은 작실(雀室)로 칭했다.

각 층마다 모두 방호용 여장이 설치되어, 적의 화살과 투석을 막을 수 있도록 설계되었다. 그리고 여장 위에는 전안(箭眼)이 뚫려 있어 그 구멍을 통해 화살이나 쇠뇌를 쏘도록 되어 있었다. 또한 적의 화공(火攻)을 막기 위해 배 위에는 가죽을 덮어 열에 견딜 수 있도록 하였다.

누선의 최상층 갑판에 있는 요동수군도독 감녕은 서서히 날이 밝아오는 것을 지켜보고 있는 중이었다.

그리고 그의 양편에는 아문장군 서황과 군사 만총이 있었다.

"도독, 보름날에 출발한 덕분에 별다른 어려움 없이 도착하게 되었습니다."

"백녕(만총의 자)이 길일을 잘 선택한 덕분이었네."

"아닙니다, 보름에 만월이 뜨는 이치야 삼척동자도 다 아는 사실입니다."

"하하하, 그리 겸양할 필요가 없네. 이번에 그대들의 공이 크다는 것은 나도 알고 있다네. 전쟁이 끝나는 날, 두 사람의 전공을 각하께 소상히 고하겠네."

"감사합니다, 도독."

"자, 이제 상륙할 때가 된 것 같으니 아문장군은 선단에 전하여 상륙에 대비토록 하게."

"예! 도독!"

요동수군도독 감녕의 지시를 받은 서황은 곧바로 상륙을 알리는 깃발을 게양토록 했다.

그러자 기함에서 상륙을 알리는 녹색 깃발이 게양되었다.

그 신호를 파악한 선단의 누선사들이 분주히 움직이기 시작하였다.

그러는 와중에 기함의 3층 갑판에 나이가 지긋한 노인이 나타났다. 그 노인은 요동수군도독 감녕을 향해 공손히 허리를 숙이며 절을 올렸다.

"왔는가? 이제부터 상륙할 때까지 그대에게 배의 지휘를 위임하겠네. 잘 부탁하네."

"예, 도독!"

그 노인은 황건적의 난을 피해 요동으로 피신하였던 자였다. 옹노현(雍奴縣) 출신의 그 노인은 한 평생 뱃사람으로 살았던 자였다. 그러기에 어느 누구보다도 옹노현으로 가는 바닷길을 세세히 알고 있었다.

수군도독 감녕은 해안가에 무사히 상륙하기 위해서 그 노인에게 선단의 지휘를 맡긴 것이나 다름이 없었다.

그런 감녕의 기대에 부응이라도 하는 것처럼, 뱃사람으로 잔뼈가 굵은 그 노인은 능숙하게 선단을 이끌었다. 그리고 어렵지 않게 해안가에 상륙을 할 수 있게 만들어주었다.

쿠쿵!

쿵!

쿵!

수군도독 감녕의 선단에 속한 배들이 속속 해안가의 백사장에 도착하였다.

"하선하라!"

"서둘러라!"

"물자들을 속히 해안가에 하역하라!"

하급 군관들이 목청이 터져라 병사들에게 소리쳤고, 그런 외침에 병사들은 분주히 움직이며 물자들을 백사장에 하역하기 시작하였다.

그런데 감녕은 그런 군관들을 제지하지 않고 방치하였다.

군관들은 마치 주변에서 보란 듯이 시끄럽게 떠들어댔고, 자연히 그들이 상륙한 것은 옹노현(雍奴縣)의 현령에게도 전해지게 되었다.

다음날.

옹노현(雍奴縣)의 현령은 선우보(鮮于輔)란 자였다.

선우보 그는 타계한 황숙 유우를 섬겼던 인물이었는데, 그런 점을 내심 불안하게 여겼던 유주목 공손도가 그를 옹노현의 현령으로 임명하여 내쳤다.

선우보는 공명정대하고, 옛 주인을 잊지 못할 정도로 의리가 있는 인물이었다. 주민들의 존경을 한 몸에 받는 선우보는 평소와 다름없이 관복을 차려입고 등청했다.

그가 조당에서 속관들과 함께 영내의 일들을 처리하고 있을 때였다.

갑자기 조당으로 전령이 다급히 들어오더니 한쪽 무릎을 꿇으며 군례를 올렸다.

그런 전령의 모습에 놀란 현령 선우보가 벌떡 일어나 큰 소리로 물었다.

"어디서 온 전령이더냐!"

"영하현에서 왔습니다!"

'영하현이면 해안가에 있는 곳인데…….'

옹노 현령 선우보는 전령이 해안가에 위치한 작은 현에서 왔다는 것에 자신도 모르게 긴장이 되었다.

후한시대에는 1만호 이상의 현에는 현령을 파견하였다. 그리고 그 미만의 작은 현은 현장이 다스렸다.

그 전령이 다급하게 찾아왔던 곳인 영하현(寧河縣)은 1만호 미만의 작은 어촌이었다. 그러기에 옹노 현령의 지휘 감독을 받는 곳이었다.

옹노 현령은 갑작스러운 전령의 등장에 긴장이 되었지만 애써 내색하지 않으며 물었다.

"무슨 일이더냐?"

"금일, 여명 무렵에 정체불명의 괴선단이 해안가에 상륙을 하였습니다. 이에 현장이 해안가로 가서 그들의 정체를 알아보니, 요동수군도독 감녕이란 자의 수기가 걸려 있었습니다!"

"요동! 방금 요동이라고 하였느냐!"

"그러하옵니다!"

"상륙한 병력은 얼마나 되더냐!"

"족히 오천은 되어 보였나이다."

"지금 그들은 어찌하고 있더냐?"

"그들은 해안가에 상륙한 후로 별다른 움직임이 없습니다!"

"움직이지 않는다고?"

옹노 현령 선우보는 그런 보고에 고개를 살짝 갸웃거렸다.

상식적으로 생각을 해보아도 적들이 상륙을 했는데 움직이지 않는다는 것이 도저히 납득이 되지가 않았다.

"알았으니 그만 물러가라."

전령에게서 그런 보고를 받은 옹노 현령 선우보는 두 사람만 남게 했다.

그의 지시에 조당에 남게 된 이들 중에 한 사람은 문관 차림의 사내였고, 이름은 미돈(尾敦)이란 자였다.

그리고 갑옷을 입고 있는 무장의 이름은 전예(田豫)였다.

선우보는 유주(幽州) 어양군(漁陽郡) 옹노현(雍奴縣) 출신이었다.

원래의 역사대로라면, 그는 황숙 유우가 공손찬에게 죽임을 당하자 대항군을 결성하게 되고, 그 후 원소와 함께 공손찬을 공격하여 죽음에 이르게 만든 장본인이었다.

그리고 미돈은 공손찬의 사자에게서 황숙 유우의 머리를 빼앗아 장례를 치를 정도로 강단과 의리가 있는 인물이었다.

마지막으로 전예는 젊은 시절에 유비를 섬겼지만, 노모의 병세가 위중하여 귀향을 하였다.

그런 후에 같은 고향 사람인 선우보를 섬기게 되었다.

옹노 현령 선우보는 먼저 미돈을 보며 물었다.

"저들이 해안가에 상륙을 하였다는 것은 종국에는 계를 노린다는 것이 아니겠는가?"

"그러하옵니다. 하나, 지금 계에는 저들을 막을 병력이 없습니다. 겨우 남아 있는 병력이라고 해봐야 늙고 병든 병사들이 전부입니다."

"바로 그 점이 내가 이상하게 여기는 것일세. 계를 점령하기로 마음만 먹으면 얼마든지 가능할 정도이네. 그런데도 저들은 상륙을 한 채로 전혀 움직이지 않으니 그것이 이상하다는 것일세."

"송구하옵니다. 저도 저들의 자세한 사정은 알 수가 없습니다."

그러자 선우보가 이번에는 자신의 오른편에 있는 전예를 보며 물었다.

"자네 생각에는 이번 일을 어찌하였으면 좋겠는가?"

"각 현에 흩어져 있는 병사들을 이곳으로 집결시켜야 하지 않겠는지요? 그리해야만 적들을 방비할 수 있을 것 같습니다."

"별 수 없군. 그나마 그 수가 최선이군."

전예가 말하는 의견에 따라 그런 지시를 내린 옹노 현령이었다.

그러나 자꾸만 마음 한편이 꺼림칙하였다.

분명 적들도 이처럼 시간을 끌면 수비 병력이 집결할 수 있는 시간이 생긴다는 것을 모르지는 않을 거라고 보았다. 그럼에도 불구하고 상륙한 병력이 움직이지 않으니, 그것이 내내 마음에 앙금처럼 남는 현령 선우보였다.

그런 찜찜함을 뒤로하고, 옹노 현령 선우보는 즉시 주변의 현령들에게 이런 사실을 전하는 서신을 작성하였다. 서신의 내용은 최대한 동원할 수 있는 병력을 보내달라는 것이었다.

시간이 흐르고, 옹노 현령 선우보의 서신을 받은 유주의 현령들은 소스라치게 놀랄 수밖에 없었다.

그러지 않아도 유주목 공손도가 이번 전쟁에 장정들을 징집한 상태였다. 그런데 옹노 현령이 원군을 요청해 오니 막막한 심정의 현령들이었다.

마음이야 지원군을 보내주고 싶지만, 장정들이 있어야 보낼 수가 있었기에 그들은 아무것도 할 수가 없는 형국이었다.

그런 소식은 당연히 상곡태수 구력거에게도 전해지게 되었다.

마침내 감녕이 상륙을 하였다는 기다렸던 소식을 접하게 되자, 답돈을 옹노현으로 지원군을 보내는 것처럼 위장하기로 결정을 내렸다. 답돈은 거용관(居庸關)의 수비 병력 중에 같은 부족으로 구성된 1천의 기병을 이끌고 출발하게 되었다.

제5장
몰락의 전조

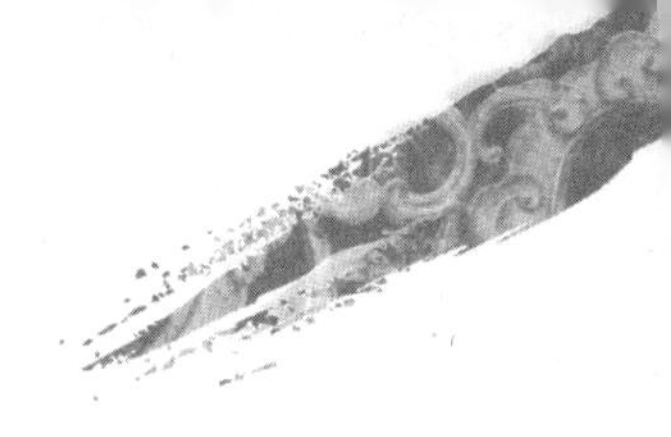

이틀 후.

답돈은 1천의 기병을 이끌고 거용관을 출발하였다.

그는 단숨에 유주(幽州) 광양군(廣陽郡) 창평현(昌平縣)을 지나게 되었다.

창평현은 지리적으로 계(薊)의 북쪽 지역에 위치한 첫 번째 마을이었다. 그러기에 계를 방비하기 위한 전초 방어 요새나 다름이 없는 중요한 지역이었다.

그러나 창평 현령은 답돈이 병사들을 대동하고 움직이는 것을 당연히 옹노현으로 가는 지원병으로 착각하였다. 그러기에 현령은 아무런 의심조차 하지 않고 답돈을 통과시켜 주기에 이르렀다.

그렇게 답돈은 아무런 제지를 받지 않은 채로 남진하였고, 이제 계에 입성하기만 하면 되었다.

다음날.

삼경(三更: 하룻밤을 오경(五更)으로 나눈 셋째 부분. 밤 열한 시에서 새벽 한 시 사이) 무렵.

흠차관의 첫째 부인 공손란은 유주자사부에 딸려 있는 작은 별채에서 어린 아들과 함께 깊은 잠에 빠져 있었다.

그녀는 부모는 물론이고 자신의 동생들 또한 흠차관 진수현을 노골적으로 거부하는 것에 심신이 지쳐 있었다.

그러다 보니 어느새 그녀가 의지하는 것은 이제 네 살배기 어린 아들 진서하 뿐이었다.

"우와아아!"

챙!

챙!

한창 침상에서 잠을 자고 있던 공손란은 잠결에 얼핏 들은 소리에 게슴츠레 눈을 떴다. 그러고는 가만히 귀를 기울여 보니 분명 병장기가 부딪치는 소리와 요란한 함성이었다.

그러자 그녀는 반사적으로 몸을 벌떡 일으켰다.

공손란은 부친이 요동으로 떠난 후로 단 한순간도 마음이

편하지 못했다.

행여나 전황이 불리하면 동생인 공손강이 자신을 죽일지도 모른다고 여겼다. 그러기에 언제든지 도망칠 수 있게 준비를 해두었다.

그녀는 밖이 소란스러운 이유를 정확히는 모르지만 예사로운 일이 아니라고 파악했다.

그러기에 서둘러 침상 밑에 숨겨두었던 전대를 꺼내 허리에 둘렀다. 그러고는 옷을 입더니 잠들어 있는 어린 아들을 깨웠다.

"서하야! 서하야!"

어린 아들이 잠에 취해 흐리멍덩한 눈빛으로 바라보는 그 순간이었다.

쾅!

갑자기 거칠게 문이 열리는 소리가 들려왔다.

그 소리에 공손란이 반사적으로 고개를 획 하니 돌렸고, 수십의 병사들이 우르르 안으로 들어오는 것에 화들짝 놀라고 말았다.

"웬 놈들이냐!"

"모두 물러나라!"

출입문 앞에 우르르 모여 있었던 병사들 틈에서 들려온 음성이었고, 그 소리에 마치 바다가 갈라지는 듯이 양편으로 물러나는 병사들이었다.

공손란은 비록 등잔을 밝히지는 않았지만, 창을 통해 들어온 달빛 덕분에 나타난 사내의 정체를 너무나도 쉽게 파악하였다.

"답돈! 다, 당신이 왜!"

"공손 부인을 정중히 모셔라."

"사, 상공께서 시키신 일인가!"

"뭣들 하느냐! 어서 공손 부인을 모시지 않고!"

답돈의 호통이 떨어지자 병사들이 공손란에게 달려들었다. 그리고 한 병사가 흠차관의 아들을 강제로 빼앗으려고 하자 발악하는 그녀였다.

"이놈들아! 내 아들을 왜 빼앗아 가느냐!"

"공손 부인!"

답돈이 언성을 높여 부르자, 공손란은 자신도 모르게 그를 바라보았다.

"고분하게 내말에 따르면 아이를 잘 보살펴 줄 것이오. 하나, 그러지 않으면 나도 어쩔 수가 없소이다! 어찌하실 참이시오?"

공손란은 답돈을 죽일 듯이 노려보다가 이내 포기를 했는지 발걸음을 옮겼다. 그러자 병사 하나가 흠차관의 아들을 품에 안아 들었다.

흠차관의 아들은 비록 4살에 불과하였지만, 총명한 것인지 상황을 파악하여 울음조차 터뜨리지 않았다.

공손란은 출입문이 있는 곳으로 향하던 중에 갑자기 걸음을 멈추며 물었다.

"어, 어머님과 동생들은 어떻게 하였느냐?"

"데려가라."

답돈이 대답을 회피하자, 공손란은 불길한 생각이 불현듯이 뇌리를 강타했다.

분명 답돈이 모친과 동생들을 죽었다고 생각하였다. 지금은 그의 말에 따라야만 목숨을 보전할 수 있는 것을 알았지만, 북받친 감정은 그런 이성적인 판단을 막아버렸다.

"어머님과 동생들을 네놈이 죽였으니, 나도 죽여라!"

"정녕 그러고 싶소이까? 부인의 아들마저 황천길로 데려가려고 하시오?"

답돈이 그처럼 말하며 서늘한 눈빛으로 노려보았다.

이 자리에서 같은 말을 반복했다가는 정말이지 자신과 아들을 죽일 것만 같았다. 그러기에 공손란은 저항하는 것을 포기하며 물었다.

"나와 내 아들은 이제 어떻게 되는 것인가?"

"때가 되면 자연히 아시게 될 것이오."

그러면서 답돈이 병사들에게 손짓을 하였고, 이내 공손란은 병사들의 삼엄한 경계 속에 별채를 나와 마차에 오르게 되었다.

며칠 후.

답돈에 의해서 계(薊)가 점령당했다는 소식은 전령을 통해 유주의 각지로 빠르게 전파되었다.

그런 소식은 당연히 옹노 현령 선우보에게도 전해지게 되었다.

"뭐라! 계가 적들의 수중에 떨어졌다고!"

현령 선우보의 고성에 보고를 하던 전령이 몸을 움찔했다. 그 전령은 행여나 자신에게 불똥이 튈까봐 서둘러 답을 했다.

"그러하옵니다! 적장은 상곡태수 구력거의 조카 답돈이란 자입니다!"

"어떻게 된 일인지 소상히 말해 보거라!"

"적들은 며칠 전에 계에 입성을 하였습니다. 그런데 다음날 야심한 시각에……."

전령은 자신이 알고 있는 한도 내에서 상세히 설명을 해주었다.

그런 설명에 옹노 현령은 서탁에 팔을 괴며 손으로 관자놀이를 힘껏 주무르기 시작했다.

전령의 보고가 끝나자 조당에서 나가라는 뜻으로 힘없이

손짓을 하는 현령 선우보였다.

그러자 그 자리에 함께 있었던 미돈이 다급하게 물었다.

"이제 어찌하실 건지요?"

"창평 현령이 조금만 더 신중하였더라면, 답돈의 얄팍한 술수를 간파했을 것인데. 휴우!"

"이미 답돈이 계를 점령하고, 그것으로도 모자라 공손 대인의 식솔들도 모조리 죽였다지 않습니까. 이는 분명 엄청난 일이고, 자칫……."

갑자기 미돈이 말을 하다가 멈추었다.

그러자 서탁에 고개를 떨구고 있었던 옹노 현령 선우보가 그를 바라보며 물었다.

"왜 말을 하다가 마는 것인가?"

"만약에 이번 전쟁에서 공손 대인이 승리하면, 그때는 우리 모두 죽은 목숨이기 때문에 차마 입에 담지를 못했습니다."

"아! 내 미처 그 생각을 못했구나!"

그러자 곁에 있었던 전예가 미돈을 보며 다급히 물었다.

"그럼 어찌하자는 것인가? 이대로 죽을 날만을 기다리자는 것인가!"

"솔직하게 말씀 올리겠습니다. 저나 대인이나 그리고 여기 있는 전예 장군이나 모두들 유주목 공손도에게 미운털이 박혀 이곳으로 좌천되어 온 것이나 다름이 없습니다. 아니 그렇습니까?"

미돈이 그처럼 말하자, 두 사람은 마치 사전에 약속이라도 한 듯이 아무런 말도 하지 못하고 굳은 표정으로 변해갔다.

그제야 조금씩 주어진 현실이 파악되는 현령 선우보와 두 사람이었다.

그동안 상륙을 하였던 요동수군도독 감녕이란 자가 왜 움직이지 않고 버티고만 있었는지 명확해지는 순간이었다.

이곳에서 허송세월을 하다가 정작 중요한 계는 답돈에게 점령을 당했고, 공손도의 처자식들은 그의 손에 모조리 죽임을 당했다.

쾅!

쾅!

분함을 참지 못한 옹노 현령 선우보가 거칠게 서탁을 내려지며 소리쳤다.

"속았다! 철저하게 적의 간계에 놀아났다!"

"즉시 군을 이끌고 계로 가셔야 합니다!"

"그것은 아니 됩니다!"

병사들을 이끌고 계로 가자고 주장한 이는 전예였고, 그런 의견에 반대하고 나선 이는 미돈이었다.

전예는 자신의 주장에 반박하는 미돈을 보며 소리쳤다.

"적들이 계를 점령했다면 당연히 이곳마저도 위태롭게 되는 것이오! 그런데 여기서 적들이 오기를 기다리자는 것이오! 그러다가 요동수군과 협공을 받으면 어찌할 것이오!"

"지금 우리에게 있는 병사들이라고 해봐야 늙고 병든 자들이 태반입니다. 그런 자들을 이끌고 어떻게 전투를 치르실 겁니까? 이는 섶을 지고 불길로 들어가는 것입니다!"

"하지만!"

"국양(전예의 자), 그만하게. 이런 상태로는 도저히 양쪽을 상대할 수가 없네."

현령 선우보가 그처럼 반대의 뜻으로 말하자, 전예는 그를 바라보며 조심스럽게 의견을 물었다.

"그럼 어찌하실 참이신지요?"

"전령이 하는 말을 들으니, 밤사이에 공손도의 식솔들이 모조리 참수를 당해 성의 남문 누각에 효수되었다고 하였지. 그것이 무슨 의미겠는가. 바로 경고를 하는 것이네."

"그렇습니다. 항복을 하지 않으면 저희는 물론이고, 식솔들도 참형을 면하지 못할 것입니다."

미돈이 현령의 말에 동조하였다.

그러자 전예는 더 이상 나가서 싸우자고 주장을 할 수가 없었다. 공손도에게서 은혜를 받은 것도 없는데, 그를 위해 군이 목숨을 걸고 싸울 이유는 없다 싶었기 때문이다.

"그럼 항복을 하실 겁니까?"

"그리해야겠지. 관인을 들고 요동수군도독을 찾아가서 항복하세."

그처럼 말하는 현령 선우보 또한 유주목 공손도에게 그다지 미련이 남지 않았다.

공손도가 유주목이 된 이후로 그의 포악한 성정은 더욱 노골적으로 표출이 되었다. 그러기에 죽은 황숙에게는 죄송스럽지만, 그런 공손도를 위해 결사항전을 한다면 그것이 바로 개죽음이란 생각을 하게 되었다.

한편, 그 무렵 해안가에 상륙한 요동 수군의 병영.

답돈이 보낸 전령을 통해서 계를 점령했다는 소식을 접한 요동수군도독 감녕이었다.

그는 소식을 접하자마자 병영에 1천의 수비 병력만 남겨두고, 계를 향해 진격하라는 명령을 내렸다.

그렇게 4천의 병력을 이끌고 마치 유람을 나온 것처럼 여유롭게 이동하는 감녕이었다.

그러던 와중에 옹노현으로 들어서는 경계에 도달했다.

감녕은 옹노현의 초입에 일단의 무리들이 나와 있는 것을 보았다. 그에 곁에서 말을 타고 함께 움직이고 있었던 만총에게 물었다.

"저기 관복을 입은 자가 아무래도 옹노 현령 같은데?"

"그런 것 같습니다. 계가 점령당했다는 소식을 전해 들었기에 아무래도 항복을 하려고 나온 것 같습니다."

"하긴, 굳이 싸울 필요가 없겠지. 아문장군."

"예! 도독!"

"전령을 보내어 현령에게 이곳으로 오라고 하게."

그런 지시가 떨어지자 잠시 후 전령이 말을 몰아 빠르게 옹노 현령 선우보에게로 향했다.

전령을 지켜보는 감녕은 새삼 기무원장 가후의 계책이 절묘하다는 생각이 들었다. 만약 정공법으로 계를 공략하였다면 엄청난 피해를 감수해야만 했을 것이다.

그런데 답돈이 마치 지원군인 것처럼 꾸몄고, 그 덕분에 어렵지 않게 성으로 들어가서 점령을 해버렸다. 감녕은 그런 생각이 들자 자신도 모르게 고개를 가볍게 끄덕거렸다.

'왜 각하께서 공손도의 위협이 있다는 것을 아시면서도 가후를 먼저 얻으려고 했는지를 알 것 같구나. 가후 그자는 실로 대단한 모사꾼이다. 그리고 그런 가후의 진면목을 알아보고 등용한 각하는 더욱 대단하신 분이시고……'

그런 생각을 하면서 기다리는 사이에 옹노 현령이 다가왔다.

현령 선우보는 관인을 보관하는 함을 들고 가서 감녕을 향해 무릎을 꿇으며 말했다.

"옹노 현령 선우보라 하옵니다. 여기 항복의 뜻으로 관인을 바치오니 부디 받아주시기를 청하옵니다."

그러자 감녕이 말에서 내리더니 그에게 다가가서 팔을 붙잡아 일으켜주었다.

"고맙소이다. 그대들이 이처럼 귀순을 해오니 내 어찌 그대들을 내치겠소. 그대들의 귀순을 받아들이겠소."

"도독의 넓으신 아량에 감읍하옵니다."

"현령도 알겠지만 본관은 흠차관 각하의 무장이오. 각하께서는 그대들의 관직을 인정하신다고 하였소이다. 그러니 현령은 이후부터도 계속 현령의 책무를 다하여주시오."

"보잘 것 없는 소관을 그처럼 여겨주시니 감읍할 따름이옵니다. 소관이 관청으로 모시겠나이다."

"부탁하오."

그 일이 있은 후.

옹노 현령 선우보가 감녕에게 항복을 하였지만, 그의 관직을 계속 유지할 수 있게 해주었다는 소문은 순식간에 유주 전역으로 퍼졌다.

그러자 사태를 관망하며 지켜보았던 각 현의 관장들이 마치 경쟁이라도 하는 듯 계로 모여들어 감녕에게 항복을 하였다.

그러자 감녕은 그들에게도 선우보에게 하였던 것처럼 관직을 유지할 수 있게 선처를 해주었다.

그렇게 공손도의 근거지 계는 너무나 쉽게 흠차관의 영역으로 변해 버렸다.

계(薊)를 점령한 며칠 후.

요동수군도독 감녕은 유주의 계에 입성하여 통치를 하게 되었다.

감녕은 해안가에서 이곳까지 오는 동안 행여나 흠차관에게 반하는 자들이 있을 수도 있다고 여겼었다. 그러기에 만약의 사태에 대비하면서 움직였다.

하지만 감녕의 그런 걱정은 기우(杞憂: 앞일에 대해 쓸데없는 걱정을 함)에 불과하였다.

후한 말기, 정치적으로 극도로 혼란한 시대를 살아가는 백성들에게 있어 통치자가 변한 것은 그다지 중요하지 않았다. 그들에게 있어 최고의 통치자는 그저 자신들을 배부르게 먹여주고, 등 따습게 쉴 수 있는 공간을 마련해 주는 자가 최고의 통치자였다.

그런데 그동안 유주를 통치해 왔었던 공손도는 그런 백성들에게 칭송을 듣는 것은 고사하고, 하루가 멀다 하고 그를 원망하는 소리만 들려왔다. 또한 유주의 거리 곳곳에는 굶주림에 아사한 자들을 흔하게 볼 수 있었다. 그런 처참함은 유주목 공손도가 강행하였던 요동 정벌 때문에 생겨난 일들이었다.

그런 처참한 사정의 유주이다 보니, 흠차관의 군대는 오히려 열렬하게 환영을 받을 정도였다. 그 덕분에 수군도독 감녕은 어려움 없이 계에서 정무를 볼 수 있게 되었다. 그렇게 점령 후에 시급한 사안을 처리하는 그였다.

감녕은 그동안 유주목 공손도의 비호 아래 폭리를 취했던 상인들을 처단했다. 그것은 곧 자신이 통솔해야 하는 관원들에게 본보기를 보여준 것이나 다름이 없는 행동이었다.

감녕은 백성들에게는 한없이 관대하였지만, 상인이나 관원들을 대함에는 추상과도 같은 위엄을 내보였다. 그렇게 시급한 공무를 마무리 짓게 되었다.

그러자 감녕은 조당을 나와 어디론가 향하였고, 그의 뒤를 많은 속관들이 따랐다.

그는 지금 답돈의 안내를 받으면서 어디론가 향하는 중이었다.

춘추 전국시대 당시 연나라의 수도였던 계였고, 왕궁을 부중으로 이용하는 덕분에 자사부의 면적은 드넓었다.

감녕이 조당의 후원에 도착하였는데, 흉물스럽게 불타 버린 별채의 전각이 보였다.

"이보게, 답돈."

"예, 도독."

"이곳이 확실한가?"

"그러하옵니다."

"그럼 자네가 겪었던 일을 다시 한 번 소상히 고해보게."

"예, 제가 기무원장의 지시로 이곳 계에 입성하던 날이었습니다. 그때 저는 치열하게 교전을……."

답돈은 계에 입성한 다음날 계획대로 계를 점령하기 위해 공격을 하였다고 설명을 했다. 그러면서 한창 교전을 치르던 중에 갑자기 이곳 별채에서 불길이 치솟았다고 말했다.

그러자 감녕은 무언가 납득이 되지 않는 듯 고개를 살짝 갸웃거리더니 물었다.

"정녕 그대의 말처럼 이 별채 안에 공손 부인이 죽어 있었다는 것인가?"

"제가 적들을 제압하고 이곳으로 왔을 때에는 이미 별채는 모두 불타 있었습니다. 혹시나 하는 생각으로 안으로 들어가서 살펴보았더니, 불에 타 죽은 두 구의 시신을 발견하게 되었습니다."

"자네의 말처럼 시신이 불타 버렸다면 필시 형체를 알아볼 수 없었을 것이네. 자네는 무슨 근거로 불타 버린 시신이 공손 부인과 각하의 아드님이라고 말하는 것인가?"

"시신이 불타 버려 형체는 알아볼 수 없었지만, 아마도 공손 부인은 교전 중에 스스로 별채에 불을 지른 후 아드님과 함께 자결을 하신 것 같았습니다. 시신이 침상에 반듯하게 있는 것으로 볼 때 그렇게 추측이 됩니다. 또한 시신을 수습하던 중에 이것을 발견하였습니다."

그러면서 답돈은 품에서 작은 가죽 주머니를 꺼내어 감녕에게 내밀었다.

수군도독 감녕이 그 주머니를 받아 풀어보니 화려하게 조각되어 있는 옥패 두 개가 들어 있었다. 그것들 중에 하나를 집어 살펴보는 그였다.

'이건 공손 부인의 신패가 아닌가……'

감녕은 옥패에 새겨져 있는 흠차관 부인의 이름을 보고는 잔뜩 표정이 굳어져 갔다. 목에 걸었던 줄은 불타 버렸는지 보이지도 않았고, 혹시나 싶어 신패를 코끝에 가져가 맡아보니 매캐한 그을음 냄새가 전해졌다.

감녕이 다시 주머니에서 다른 옥패를 꺼내어보니 흠차관의 아들 이름인 진서하가 새겨져 있었다. 그것도 역시 냄새를 맡아보았는데 불에 탄 것이 확실해 보였다.

"공손 부인의 시신은 어디로 모셨는가?"

"유골을 수습한 단지를 인근에 있는 담지사에 보관토록 하였습니다."

"자네도 알다시피 아직 전쟁이 끝나지 않았네. 그러니 공손도의 처자식은 물론이고, 공손 부인과 그분의 아드님의 유해를 잘 보관하게. 전쟁이 끝나면 각하께 소상히 보고를 하겠네."

"예, 도독!"

감녕은 그런 지시를 내리더니 미련 없이 그 자리를 떴다.

그런데 감녕은 너무나도 태연스럽게 거짓 보고를 하는 답돈의 말을 곧이곧대로 믿었다. 그럴 수밖에 없는 것이 계를 점령한 답돈이었고, 그의 병사들 또한 같은 오환의 부족민들로 구성이 되어 있었다. 그러기에 공손란과 흠차관의 아들의 죽음에 관한 비밀을 감녕에게 말할 수가 없었다.

그러니 아무리 감녕일지라도 답돈의 그런 거짓 보고를 믿을 수밖에 없었다.

제6장

날개 없는 추락

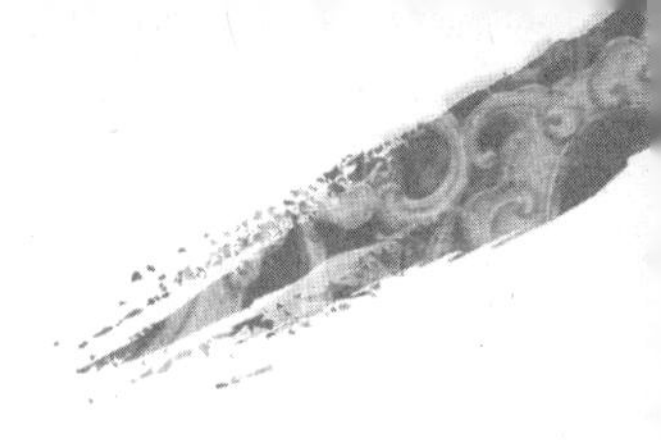

후한(後漢) 초평(初平) 4년(193년), 음력 4월 초순.

드넓은 요동 벌판에 한줄기 바람이 휘몰아쳤다.

휘이잉!

휘잉!

지금쯤이면 한창 보리가 자라야 하는 시기였다. 하지만 수현이 요동 일대의 물자들을 모두 소개(疏開: 적의 공격으로부터 받는 취약성을 감소시키기 위해 분산 또는 분리시키는 것)하였다. 그러기에 지금 요동 평야는 황량함만이 감도는 곳으로 변해 버렸다.

그리고 지난해 겨울부터 이어진 극심한 가뭄과 갈수기가 겹친 요하(遼河)는 하천의 기능을 상실해 버렸다.

요동의 주민들은 요하를 두고 '어머니 강'이라고 불렀다. 그러나 지금의 요하는 극심한 가뭄 탓에 강바닥을 드러낸 지가 오래되어 '어머니 강'이라는 그 이름이 무색할 정도였다.

그런 요하 유역에 위치한 요수성(遼水城)은 평야에 세워진 작은 요새였다.

본래 요수성의 목적은 반란군을 막기 위함이었다. 지금처럼 대륙에서 적군이 침략을 해오는 것을 지연시키기 위해 존재했다.

요수성이 적군의 공격을 막아낼 동안, 본성인 양평성(陽平城)에서 전투를 준비할 수 있는 시간을 벌어주는 것이었다.

그러기에 요수성은 규모가 작았고, 수비 병력도 3천을 넘지 않았다.

그런 요수성의 성주 조운!

조운은 지난날 기무원장 가후에게서 공손도를 유인하라는 막중한 임무를 부여받았다. 그러기에 요수성에서 지내면서 공손도의 군이 오기만을 기다렸다.

그리고 마침내 기다렸던 공손도 군의 선봉대가 강 건너에 있는 드넓은 평야에 모습을 드러냈다.

요수성의 성주 조운은 공손도의 병사들이 진채를 세우는

것을 성루에서 말없이 바라보았다.

족히 5천은 되어 보이는 선봉대였고, 길어야 한 시진(2시간) 이내에 공손도가 이끄는 본대가 도착할 것으로 예상을 했다.

"허, 끝내 여기까지 왔구나."

조운은 만감이 교차하는 듯한 표정으로 강 너머를 바라보았다. 그러면서 자신이 의형으로 섬긴 흠차관의 장인이라는 작자가 욕심에 눈이 멀어 저지르는 행태가 너무나 고약하다 싶었다.

"부장!"

"예! 장군!"

"해가 질 때까지 성안에 있는 모든 물자들을 철저히 파기하라! 새벽에 병사들을 배불리 먹인 후 이곳을 은밀하게 빠져나간다!"

"알겠습니다!"

이미 이곳 요수성을 버리기로 하였던 작전 계획은 지위 고하를 막론하고 모두에게 전해진 상태였다. 그러기에 조운의 그런 지시에 군말 없이 따르는 부장이었다.

그런데 조운에게 절도 있게 답을 하는 그 사내의 얼굴이 왠지 눈에 익었다.

"이보게, 배 부장!"

"예! 장군!"

"그동안 이곳을 지켜내느라고 수고하였을 것이네. 한데, 이렇게 허망하게 적들에게 내어주게 되었으니 서운하지 않은가?"

"아닙니다! 저 역시 이번 작전이 얼마나 중요한지는 잘 알고 있습니다! 그러니 그런 감정은 추호도 가져본 적이 없습니다!"

조운에게 그처럼 절도 있게 답을 하였던 부장이란 자는 바로 배원소(裴元紹)였다.

그는 2차 황건적의 난이 끝나자 주창과 함께 산적이 되었다.

그러던 중에 병을 앓게 되었고, 그 때문에 공도와 주창이 요동에 있는 관해에게 몸을 의탁하기 위해 찾아갈 때 두 사람과 함께하지를 못했었다.

시간이 흘러 건강을 회복한 배원소는 산채에 남아 있었던 수하 10여 명과 함께 관해를 찾아갔다. 그런 후 흠차관에게 귀순을 하게 되었다.

그러다가 흠차관이 장안으로 떠나고, 요동 일대의 방비를 책임지게 되었던 관해였다.

그런 관해는 배원소를 전방의 방어 요새나 다름이 없는 요수성의 성주로 임명하였고, 조운이 오기 전까지 배원소는 무난하게 성을 지켜내게 되었다.

지금 조운은 혹시라도 자신 때문에 배원소가 서운해하지나 않을까 싶어 세심하게 배려를 해주었다.

그럴 수밖에 없는 것이 배원소는 이곳 요수성의 성주로 지내면서 황건적 출신이었다는 과거의 흔적을 지우기 위해 노력하였다. 곁에서 볼 때 그의 노력은 처절할 정도였다.

배원소 그는 언제나 일괄되게 행동을 하였고, 날카로운 비수가 살을 저미는 듯한 추위 속에서도 병사들을 먼저 챙겼다. 또한 그동안의 노력 덕분에 요동 평야 일대를 마치 손바닥을 꿰뚫어 보는 듯 모르는 것이 없었다.

조운이 이곳에 부임하고, 그에게 이런저런 지형지물에 대해 물어본 적이 있었다.

그런데 배원소는 마치 눈앞에서 보는 듯 어디에 가면 다리가 있고, 어디에 가면 큼직한 바위와 개울이 있다고 막힘없이 답을 하였다.

조운이 반신반의(半信半疑)하며 현장에 나가 답사를 해보았는데, 정말로 배원소가 말한 그대로였다.

그때부터 조운은 배원소를 인정하였고, 자신의 부장으로 삼게 되었다.

잠시 동안 강변에서 움직이고 있는 공손도의 군을 관측하던 조운이 또다시 배원소에게 지시를 내렸다.

"배 부장, 봉화를 피우게."

"예! 장군!"

조운의 지시를 받은 배원소는 황급히 성루를 내려갔다. 그러고는 성내의 후미진 곳에 있는 봉화대로 향했다.

그가 성큼성큼 걸음을 옮기면서 봉화대에 도착하자 연대(烟臺)가 나타났다. 마치 돌을 쌓아서 만든 원형의 굴뚝같은 연대는 모두 다섯 개가 있었고, 그 주변에는 수십의 봉화군들이 대기하고 있었다.

배원소는 연대 앞에서 대기 중이던 병사들을 향해 크게 소리쳤다.

"봉화를 피워라!"

"몇 개를 피워야 하는지요?"

봉화대를 책임지는 하급 군관의 물음에 배원소는 지체 없이 답을 했다.

"적이 나타났으니 세 개만 올려라!"

"예! 세 곳에 불을 피워라!"

그러자 병사들이 서둘러 움직이기 시작했다.

봉수군들은 연대의 아궁이에 미리 준비해 두었던, 건조시킨 말똥을 태웠다. 바람이 불어도 쉽게 흩어지지 않는 건조시킨 말똥이었고, 그 덕분에 3개의 봉화대에서 피워낸 연기는 하늘 높이 올라갔다.

한편, 그 무렵 유주(幽州) 요동군(遼東郡) 험독현(險瀆縣)!

요수현에서 북서쪽으로 120여 리(里) 떨어진 곳에 위치한 험독현이었고, 그곳에 수많은 병력들이 집결해 있었다.

험독현의 가호(家戶)는 1만호 미만이라 현장이 다스리는 작은 마을이었다.

그런데 며칠 전부터 병사들이 속속 집결을 하였고, 지금은 그 수가 족히 2만에 달하는 대규모 병력이 되었다.

험독현에 집결한 저들의 구성을 살펴보면, 매우 복잡하게 이루어진 병력이라는 것을 알 수 있었다.

먼저 군의 총사령을 맡은 자는 정서장군(征西將軍) 태사자였다. 그는 양평성을 떠나올 때 대동하였던 2천의 기병을 이끌었다.

그리고 태사자의 장인 막호발의 아들인 봉천총관부(奉天摠管府) 모용목연 부사(府史)가 동원한 기병 3천이 있었다.

그리고 이번에 단걸진(段乞珍)은 자신의 고향인 단부(段部)에서 족장 가비능(軻比能)과 협상을 진행하였다. 가비능은 자신이 원하는 조건을, 단걸진이 받아들이겠다고 하면서 승낙을 하자 2천의 기병을 이끌고 이곳으로 오게 되었다.

끝으로 단걸진을 호위하였던 서황은 50의 연화대를 이끌고 합류하게 되었다.

이렇듯 7천이 넘는 기병들로 구성된 병력이었고, 그들을 후방에서 지원하는 치중대까지 합치면 무려 2만에 달하는 대병력이었다.

병영 중앙에 위치한 커다란 막사.

그 막사 안에는 총사령 태사자를 비롯한 많은 사람들이 자리를 지키고 있었다. 그런데 그들 모두는 붉은색 천으로 만든 어깨띠를 사선으로 걸치고 있었다.

흠차관 진수현은 자칫 난전이 발생하고, 그 혼란한 틈에 피아를 구분하기가 어려울 것이란 점에서 그렇게 지시를 내렸다.

그 덕분에 그들 요동의 군사들은 모두 붉은 어깨띠를 걸치고 있었다.

총사령 태사자가 이런저런 지시를 내리고 있을 때였다.

갑자기 막사의 휘장이 걷어지더니, 병사들을 지휘하는 졸백이 다급하게 안으로 들어왔다.

"무슨 일이냐?"

태사자의 물음에 그 졸백이 절도 있게 군례를 올리며 보고를 했다.

"정찰 나갔던 병사들이 돌아왔는데, 요수성에서 봉화가 올랐다합니다!"

"그래! 연기는 모두 몇 개나 올랐다더냐!"

"세 줄기의 연기가 올랐습니다!"

"알았다, 그만 나가보아라."

그 졸백이 경직된 모습으로 군례를 하고는 막사를 황급히 나가 버렸다.

그러자 총사령 태사자가 모두를 바라보며 말했다.

"적이 나타났다는 것을 뜻하는 세 개의 봉화가 올랐으니, 조만간 작전을 개시할 것이오."

"총사령, 명령만 내려주시면 적을 쓸어버리겠습니다!"

봉천총관부의 부사 모용목연이 호기롭게 그처럼 말하였다.

그에 총사령 태사자가 서탁에 있는 지도를 보며 결의에 찬 표정으로 말하기 시작했다.

"우리가 이동할 곳은 바로 이곳!"

태사자가 손가락으로 짚는 곳은 요서(遼西) 지역에 속하는 반산현(盤山縣)이었다.

반산현은 지리적으로 요동(遼東)의 경계에 인접한 곳이었다. 강 하나만 건너면 요수현으로 들어서는 곳이기에 유주목 공손도는 그곳에 군량 창고를 두었다.

태사자는 지도에 표기되어 있는 반산현을 가리키며 소리쳤다.

"반산현으로 가서 적의 군량고를 급습할 것이오!"

"총사령, 그럼 군량을 전리품으로 인정해 주시는 것이오?"

단부의 족장인 가비능이 그처럼 묻자, 모두들 말없이 태사자를 바라보았다.

"한 가지 약조만 해준다면 단부에서 운반할 수 있는 양만큼 전리품으로 인정을 해드리겠소."

"말씀을 해보시지요."

"공손도는 반산현에 군량 창고를 설치하였지만, 또 다른 곳에도 물자들을 모아두었소이다. 그곳은 일차 집결지인 이곳!"

그러면서 태사자는 지도의 끝자락에 표기되어 있는 창려현(昌黎縣)을 손가락으로 짚으면서 말했다.

"공손도는 이곳 창려현에 군량을 비롯한 물자들을 비축해두었소이다. 족장은 이곳을 공격하여 약탈을 하실 수 있으시겠소?"

"저희가 그 조건만 이행하면 전리품으로 인정을 해주시는 겁니까?"

"중요한 곳인만큼 공손도가 요수현으로 떠날 때 상당수의 병사들을 남겨두었을 것이오. 하실 수 있겠소?"

그러자 가비능이 지도에 표기되어 있는 창려현 인근에 있는 산을 가리키며 말했다.

"여기 의무령산은 우리 단부의 근거지이지요. 보시면 아시겠지만 이 산만 넘으면 곧바로 창려현이 나옵니다. 산세가 험하기는 하지만 우리 부족들만이 아는 샛길을 이용한다면 충분히 승산이 있습니다."

"그럼 그대만 믿겠소이다."

"예! 맡겨주시면 반드시 큰 성과를 만들어 보이겠습니다!"

단부의 족장 가비능이 그처럼 호언장담을 하였다.

그렇게 단부에게 지시를 내린 총사령 태사자가 모두를 보면서 말했다.

"단부의 가비능 족장을 제외한 나머지는 반산현에 있는 적의 군량고를 점거한 후 추격에 나설 것이다!"

그러자 막사에 모여 있었던 여러 사람들의 표정이 잔뜩 상기되어 갔다.

"총사령, 한 가지 청이 있습니다!"

갑작스러운 서황의 말에 모두가 그를 바라보았다.

"부탁이라니? 말해보게?"

"저를 공손도를 추격하는 선봉장으로 삼아주시기를 청하옵니다!"

"좋다! 반산현의 군량고를 점령한 후 그대에게 이천의 기병을 내어주겠다!"

"감사합니다!"

"모두 들으시오! 익일, 묘시 정(오전 6시)에 출발할 것이니 제장들은 차질이 없도록 준비를 해주시오!"

"예! 총사령!"

총사령 태사자의 명령이 떨어지자 막사 안에 있던 자들이 일제히 우렁차게 답을 했다.

다음날, 총사령 태사자는 기병으로만 구성된 7천의 전투 병력을 이끌고 반산현으로 빠르게 남진했다.

요하(遼河) 유역에 위치한 요수성.

희미하게 날이 밝아 오는 여명 무렵이었다.

그때 고요한 적막을 깨는 소리가 요수성에서 들려왔다.

끼이익!

끼익!

요하의 반대편에 있는 요수성의 동문이 요란스럽게 소리를 내며 열리기 시작했다.

잠시 후 4열 종대로 열을 맞춘 병사들이 은밀하게 성을 빠져나왔다. 그 병사들의 입에는 함부로 소리를 내지 못하게 나뭇가지가 물려 있었다. 그리고 말의 입에도 가리개를 씌워 울음소리를 내지 못하게 하였다.

그렇게 조운은 모두 6천이 조금 넘는 병력을 이끌고 성을 빠져나와 신속하게 이동을 하였다.

한편, 유주목 공손도는 강 너머에 설치한 병영에 머물고 있었다.

그는 밤사이에 조운이 성을 비우고 퇴각한다는 사실을 전혀 알지 못했다.

공손도가 그런 사실을 알게 된 것은 해가 중천에 떠오르고, 정찰을 나갔던 병사들이 돌아온 후였다.

공손도는 그제야 요수성이 텅텅 비워졌다는 것을 알게 되었다.

전혀 예상하지 못한 일이었고, 도저히 어떻게 된 상황인지 파악을 할 수가 없었다.

그에 공손도는 자신의 막사로 원정군의 총사령인 염유를 호출했다. 그러면서 이번 원정에 책사로 참전한 공손기도 함께 오도록 하였다.

공손도는 번쩍거릴 정도로 손질이 되어 있는 갑옷 차림으로 막사 안을 서성거렸다. 그는 허리춤에 차고 있는 검의 손잡이를 움켜잡은 채로 깊은 고민에 잠겨 있었다.

"주공, 소인입니다."

"들어오게."

공손도는 막사 밖에서 책사 공손기의 음성이 들려오자 답을 해주었고, 이내 서탁이 있는 곳으로 걸음을 옮겨 자리에 앉았다.

막사의 휘장이 걷어지고, 호출을 받은 총사령 염유와 공손기가 안으로 들어섰다.

공손도는 두 사람에게 전령이 보고한 것을 전해주며 의견을 물었다.

"밤사이에 적들이 싸워보지도 않고 성을 버리고 도주하였다. 이게 어떻게 된 영문인지 의견을 말해보게."

"주공, 이는 적들이 주공의 위엄에 지레 겁을 먹고 도망친 것입니다. 속히 성을 점령하시지요."

공손기는 영락없이 쥐를 닮은 상을 가지고 있었다. 그러다 보니 그를 보면 마치 쥐새끼에게 관(冠)을 씌운 듯한 우스꽝스러운 행태를 하고 있었다.

그런데 우스꽝스러운 외모와는 달리 상관의 비위는 기가 막히게 잘 맞춰주었고, 그처럼 듣기 좋은 말로 공손도를 현혹했다.

그러자 마치 당연하다는 듯이 고개를 끄덕이는 공손도였다.

"하긴, 십만이 넘는 대병력이니 그럴 것이네."

"당연한 말씀이십니다."

"자네의 말대로 실행에 옮길 것이니, 총사령은 준비를 하게."

"예."

"총사령은 그만 나가보게."

유주목에게 짧은 답을 하고 막사를 나오는 총사령 염유였다.

그는 자신의 막사로 향하는 도중에 걸음을 멈추더니, 유주목이 있는 막사를 살벌한 눈빛으로 노려보았다.

'이건 나를 대놓고 무시하는 것이 아닌가!'

빠드득!

뿌드득!

두 사람이 자신을 무시하고 있다는 생각이 들자 염유는 이빨을 섬뜩한 소리가 들릴 정도로 갈면서 입술을 질끈 깨물었다.

'두고 보자!'

그러면서 염유는 다시 걸음을 옮겼다.

겉으로는 평온해 보이는 염유였지만, 그의 속마음은 치밀어 오르는 화를 간신히 참아내는 중이었다.

염유 그는 타계한 황숙 유우의 심복이었다.

그러기에 이번 전쟁이 전혀 달갑지가 않았다. 그러나 군을 이끌 만한 무장이 없다면서 부탁을 해오는 공손도를 차마 외면하지는 못했다.

그래서 마지못해 총사령직을 수락하였는데, 그 후로 공손도의 태도가 완전히 돌변해 버렸다.

공손도는 군무에 관한 모든 것을 일일이 재가를 받은 후에 실행하라고 하였다. 그러기에 말만 총사령이지 아무런 권한이 없다고 봐야만 하였다.

지금도 그랬다.

이런 중대한 일이 발생하면 당연히 총사령인 자신에게 의견을 물어야만 하였다. 그런데도 공손도는 마치 자신을 꿔다 놓은 보리자루 취급을 하였다.

엄동설한 같은 염유였지만, 그와는 달리 공손도가 지내는 막사 안의 분위기는 봄날처럼 따사로울 정도였다.

"이보게, 어디 불편한가? 안색이 어둡군."

"조금 속이 불편하여 그렇습니다."

"조심하게, 자네마저 전염병에 걸리면 큰일이지."

"예, 조심하겠습니다. 주공, 이제 어찌하실 것인지요?"

"먼저 요수성에 선발대를 보내어 적의 간계인지를 살펴보라고 하게. 그리고 혹시 모르니 앞으로 정찰 범위를 두 배로 넓히도록 하게."

"예, 그리하겠습니다."

그렇게 상관의 지시를 조심스러운 태도로 받드는 공손기였다.

그런데 남의 단점을 떠들어대는 것을 좋아하는 공손기가 속삭이듯이 말했다.

"주공, 염유 저자는 너무 빳빳합니다. 저래서야 어디 십만이 넘는 대군을 이끄는 대장군이라고 할 수 있겠는지요."

"내가 왜 저자를 총사령이라는 허울뿐인 자리에 앉혔는지 그 이유를 아느냐?"

"무슨 복안이 있으신지요?"

"믿지를 못하기 때문이다. 만일 저자가 내게 칼끝을 돌리면, 나는 무슨 수로 저자를 막아낼 것이냐."

"아! 역시 주공이십니다."

만면에 웃음꽃을 띄우는 공손도나, 그에게 아첨을 해대는 공손기나, 다른 이가 그 둘을 본다면 한심스러운 작태였다.

다음날.

유주목 공손도의 명령에 소수의 병력이 먼저 요수성에 입성을 하였고, 정찰대는 평소보다 넓은 지역을 수색하였다.

시간이 흘러, 정찰대가 돌아왔는데 요수성 10여 리(里) 밖에서 조운의 병력을 발견했다는 보고를 하였다.

그러자 공소도는 조운이 무슨 의도로 이렇게 일을 꾸미는지 궁금하면서도, 한편으로는 불안하였다.

"조운이라면 나도 아는 자이다. 그자가 이렇게 쉽게 성을 버렸다는 것이 도저히 믿기지가 않는구나."

"주공, 불안하시면 조운과 어느 정도 거리를 유지하면서 돌아가는 상황을 살펴보는 것이 어떠하신지요?"

"그래야겠다. 내일 정찰을 보낸 후에 어떻게 할지를 결정하도록 하자."

"예, 주공."

유주목 공손도는 내색은 안 하고 있었지만 초조하였다.

이번 요동 정벌에 동원한 병력만 하더라도 무려 십삼 만이었다. 그런데 그 십삼 만에 달하는 대병력이 소비하는 물자가 실로 어마어마한 양이었다. 특히 병사들이 소비하는 식량은 자신의 계산을 완전히 벗어나게 만들어 버렸다.

'갈수록 군량이 부족해지니, 큰일이구나…….'

유주목 공손도는 한때 요동태수를 역임한 자였다.

공손도가 무리하게 요동 정벌을 강행하였던 이유는 내심 믿는 구석이 있었기 때문이었다. 그것은 바로 드넓은 요동 평야에서 산출되는 곡식이었다.

공손도 그는 이곳 요동 평야에 도착하면 얼마든지 식량을 구할 수 있을 것이라고 확신하였다. 그것은 당연히 자신이 요동태수로 지내면서 파악한 것이기에 완벽한 계획이라고 자신하였다.

그런데 막상 요동 평야에 도착해 보니 자신의 예상이 완전히 빗나가 버렸다는 것을 깨닫게 되었다.

공손도는 모르고 있었지만, 흠차관의 지시로 요동 평야의 물자와 인력은 이미 오래전에 깨끗하게 정리가 되어버린 상태였다.

현지에서 식량 조달이 불가능해졌지만, 공손도는 행여나 병사들이 동요할 것을 우려하여 그런 사실을 밝힐 수도 없었다.

다음날.

동이 틀 무렵에 정찰을 나갔던 공손도의 병사들이 돌아와서 보고를 했다. 정찰병들은 조운이 남긴 노숙의 흔적을 토대로 대략적인 병력을 산출하여 보고를 하였다.

그 자리에 함께 있었던 공손기가 유주목을 바라보며 의견을 제시했다.

"주공, 아무래도 조운이 성을 버린 것이 확실한 것 같습니다."

공손도는 조운의 병력이 많아야 5천이라는 보고에 고개를 끄덕거렸다.

"이보게, 총사령."

"예."

"즉시 선봉대를 꾸려 조운을 추격하게!"

"알겠습니다."

조심성이 지나칠 정도로 많은 유주목 공손도가 마침내 조운을 추격하라는 지시를 내렸다.

그가 이토록 조심성이 많고, 매사를 의심스럽게 여기는 것은 지난날의 경험 때문이었다.

공손도는 한때 자사직에 있다가 모함을 받아 관직에서 물러난 적이 있었다. 그때 자신을 무시하고, 조롱하였던 자들에게 복수할 기회가 오기만을 기다렸었다.

그러던 중에 동탁의 수하인 서영의 추천으로 요동태수에 임명이 되었다. 그러자 마치 이때를 기다렸다는 듯이 공손도는 복수의 칼을 빼 들었다. 이때 공손도가 단행한 피의 숙청으로 인해 죽어나간 자들이 족히 백 명이 넘을 정도였다.

이렇듯 공손도는 확신이 생기지 않으면 결코 실행에 옮기지 않는 성격이었다. 좋게 말하면 용의주도한 것이겠지만, 다른 관점에서 본다면 돌발적인 상황 변화에 제대로 대응하지 못한다는 단점이기도 하였다.

아무튼 공손도의 명령이 내려지자 5천의 선봉대는 조운을 추격하기 위해 출발하였다.

본대를 이끄는 유주목 공손도는 첫날 조운이 노숙을 하였다는 곳으로 이동했다. 그러면서 곳곳에 남겨진 흔적들을 살펴보니, 정찰병들이 보고한 것이 틀리지 않았다는 판단을 하기에 이르렀다.

추격 둘째 날.

유주목 공손도는 다시 조운이 간밤에 노숙을 하였던 곳에 도착하였다. 그곳에서 흔적들을 살펴보니 확실히 첫째 날 보다도 흔적이 줄어든 상태였다.

공손도의 곁에서 함께 흔적을 살피던 공손기가 마치 대단한 것을 파악한 것처럼 호들갑을 떨면서 말했다.

"주공, 지난번 흔적보다도 반은 줄어든 것 같습니다! 이는 필시 적들에게 도망병들이 속출한다는 뜻이 아니겠는지요?"

"그런 것 같구나, 내일도 지금과 같다면 그때는 본대를 이끌고 조운 그자를 추격한다!"

"예, 주공!"

그러나 공손도 곁에 함께 있었던 총사령 염유는 무언가 이상하다는 생각이 들었다.

'병법의 기본은 허장성세이다.'

염유는 지금까지 자신이 숱한 전장에서 전투를 치르면서 이처럼 세력을 줄이는 경우는 본 적이 없었다. 모두들 어떻게든 세력을 부풀리기에 혈안이 되어 있었다.

'이상하구나, 도망병이 있다면 오히려 흔적을 늘려야만 했다. 그런데 왜 조운 그자는 오히려 보란 듯이 줄어든 흔적을 남기고 가는 것일까…….'

그러더니 염유는 자신이 적장이라고 가정을 해보았다.

만약 도망병이 속출하는 것이 사실이라면 흔적들을 더욱 많이 남겼을 것이라고 생각을 했다. 그런데 적장은 오히려 전날에 비해 줄어든 흔적을 보란 듯이 남겨두었고, 그것이 너무나 이상했다.

그러자 염유는 공손도가 있는 곳을 찾았다. 그런데 여전히 유주목은 그 쥐새끼 같은 공손기와 어울리는 것이 아닌가.

그런 두 사람을 보게 되자, 이런 의구심을 말하려고 하였던 마음이 언제 그랬냐는 듯이 사라져 버렸다.

'괜히 이런 말을 하면 또다시 나를 이상한 놈으로 취급하겠지.'

염유가 정말로 뛰어난 무장이라면, 아무리 자신을 무시한다고 하여도 이런 점을 말해야만 했다.

그러나 염유는 그 정도로 뛰어난 위인은 아니었다. 당연히 병사들이 걱정이 되기는 하였지만, 염유 그는 자신이 무시당해 자존심이 상한 것에 더욱 비중을 두는 옹졸한 범부일 뿐이었다.

그러기에 공손도에게 이런 점을 말해봐야 자신만 우스운 꼴이 된다고 생각하였다.

그는 이번 요동 정벌의 승패를 가름할 수 있는 가장 중요한 것을 발견했음에도 불구하고 굳게 입을 다물어 버렸다.

유주목 공소도가 조운을 추격한 지도 3일째가 되었다.

그날도 조운은 새벽에 병사들을 소집시키더니 남아 있던 1천여 병력들 중에 절반을 추려냈다.

6백이 조금 넘는 병사들을 향해 어제와 같은 지시를 내리는 조운이었다.

"너희들은 속히 수산으로 가서 관해 장군의 병력과 합류하라!"

"예, 장군!"

그러더니 이번에는 전령 셋을 보며 지시를 내렸다.

"너희는 이런 사실을 각하께 고하여라!"

"예! 장군!"

조운이 병사들에게 그런 지시를 내리더니, 이번에는 자신의 부장인 배원소를 바라보며 친근하게 말했다.

"배 부장은 전령들과 함께 길을 떠나게."

"장군, 정말로 혼자서 괜찮으시겠습니까?"

"자네가 속히 각하께 가서 그동안 준비해 왔던 지원군을 약속 장소로 데려와야만 하네. 그리해야만 공손도의 십만 대군을 상대할 수 있을 것이네. 그러니 자네에게 주어진 임무가 막중하다는 것을 한시도 잊지 말게."

"장군, 그런 것은 전령들을 보내도 충분합니다. 그러니 저는 장군 곁에 남겠습니다."

"어허! 자네는 앞일을 어찌 그리 예단하는가! 만일의 사태에 대비하기 위함이란 것을 왜 몰라!"

조운의 그런 말에 배원소는 굳은 표정으로 변했다. 잠시 동안 그를 바라보다 절도 있게 군례를 올렸다.

"장군의 명령! 반드시 완수하겠나이다!"

"부탁하네."

"예! 장군!"

배원소는 조운이 말한 지원군이 무언지 알지 못했다.

그러나 조운이 저렇게 말할 정도라면 분명 자신이 모르는 엄청난 무언가가 있다고 생각했다. 그리고 그 지원군이란 것이 이번 전쟁에서 반드시 필요한 것이라고 짐작을 하였다. 그러기에 조운을 홀로 남겨두고 떠나기로 결심을 하게 되었다.

그렇게 조운은 병사들에게 지시를 내리더니 또다시 이동을 했다.

제7장

도망치는 공손도

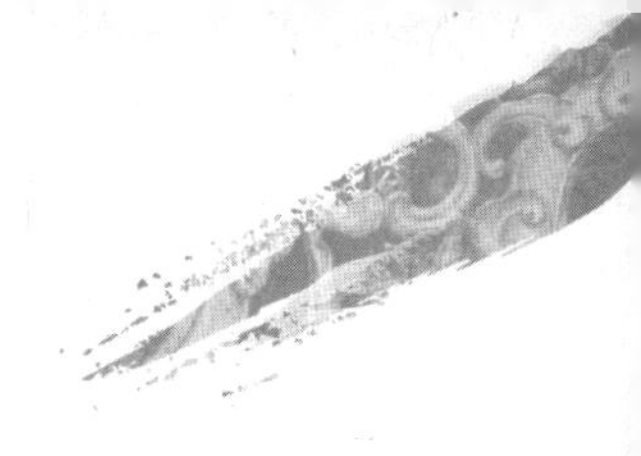

한편, 그 무렵 요서군(遼西郡) 반산현(盤山縣).

유주목 공손도가 설치한 제2 보급 창고가 있는 반산현에도 서서히 날이 밝아오고 있었다.

보급 창고를 지키는 병사들이 하나둘 잠에서 깨어날 무렵이었다.

갑자기 지축이 흔들리는 듯한 엄청난 굉음이 요동 평야를 일깨웠다.

그런 소리에 이제 잠에서 깨어난 병사들은 무슨 일인가 싶어 졸린 눈을 비벼대며 모여들었다. 그들은 소리가 들려오는 북쪽 방면에 모여서 눈이 빠져라 바라보았다. 잠깐의 시간이 지나자 뿌연 흙먼지가 하늘 높이 치솟는 것을 볼 수 있었다.

"적이다!"

"기, 기병이다!"

누군지는 모르지만 그런 외침이 터져 나왔고, 그 소리에 화들짝 놀라는 병사들이었다.

"각자 무기 챙겨! 방어 준비하라!"

병사들을 지휘하는 졸백이 그처럼 소리치자, 그제야 병사들은 자신이 잠을 잤던 막사가 있는 곳으로 달려갔다.

그들은 요동 정벌군에 속하기는 하였지만 후방에서 지원하는 치중대일 뿐이었다. 그러기에 다가오는 기병대를 막을 방도가 전혀 없다고 해도 무방할 정도로 무장이 빈약했다. 병사들은 갑옷도 지급받지 못했고, 무기라고 해봐야 팔뚝 길이의 단검이 전부였다.

더구나 흠차관에 의해서 요동 평야의 모든 물자들이 말끔히 치워진 상태였다. 그러니 그 흔한 목책을 만들 재료조차 구하지 못한 그들이었다.

그러니 그들이 아무리 수적으로 많다고 하여도, 맹렬한 기세로 다가오고 있는 태사자의 기병들을 상대할 수는 없다고 봐야만 했다.

"적이다! 적이 몰려온다!"

또다시 그런 외침이 들려오자 병사들은 싸울 엄두가 나지 않았다. 바보가 아니라면 맨몸으로 적의 기병을 상대할 수 없다는 것은 잘 알고 있었다. 그러니 살기 위해 도망치는 것이 최선이라고 생각하는 그들이었다.

"요수성으로 퇴각하라!"

그런 지시가 들려오자 병사들은 살기 위해 무조건 요수성이 있는 방향으로 내달렸다.

그러나 그들이 아무리 빨리 달린다고 하여도 잘 훈련된 전마보다 빠를 수는 없었다.

"모두 죽여라!"

경기병으로 구성된 병력을 이끌고 이곳 반산현까지 이동을 해왔던 태사자가 그처럼 소리치며 병사들을 독려했다.

두둑!

투두둑!

요란한 말발굽 소리와, 전마들의 투레질 소리가 마치 천둥처럼 요동 평야에 울려 퍼졌다.

서걱!

으악!

7천의 다민족으로 구성된 연합군 기병들은 도망치는 공손도의 병사들에게 가차 없이 창칼을 휘둘렀다.

그들이 한 번씩 휘두르는 창칼에 공손도의 병사들은 짧은 비명을 내지르며 쓰러져 갔다.

연합군의 총사령 태사자는 전장을 살피면서 눈살을 찌푸렸다.

'학살이 따로 없구나…….'

태사자는 병사들이 요수성이 있는 방향으로 말을 몰아가면서 적병들을 가차 없이 죽이는 장면을 보았다. 이러는 것이 달갑지 않았지만, 저들이 살아서 돌아가면 아군이 죽을 수 있다는 것을 알기에 묵묵히 전장을 지켜보았다.

채 1각(15분)도 걸리지 않은 짧은 공격이 끝났고, 요수성으로 도망친 병력이라고 해봐야 겨우 수십 명이 전부였다.

"으하하! 이놈들아! 내가 단부의 족장 가비능이시다!"

"멈추시오! 가비능 족장! 멈추시오!"

커다란 대도를 휘두르며 적병들을 쫓으려고 하였던 가비능을 황급히 불러 세우는 태사자였다.

그러자 가비능이 말고삐를 잡아채더니 태사자를 바라보았다.

"더 이상 적을 쫓지 마시오."

"왜 그러시오? 기세가 올랐을 때 저 성마저 점령을 해야 하지 않겠소?"

"우리는 이곳에서 저들과 대치해야만 하오. 그리해야 공손도에게 퇴각로가 끊겼다는 보고가 들어갈 것이오. 그러니 족장은 약속대로 창려현으로 가주시오."

"뭐, 그렇다면 어쩔 수 없지. 그럼 우리는 창려현으로 가겠소이다. 총사령, 무운을 비오."

"조심히 가시오."

잠시 후 단부의 가비능 족장은 부족민으로 구성된 2천의 기병을 이끌고 근거지가 있는 무려현(巫閭縣)으로 떠나갔다.

그리고 태사자의 예측대로 요수성을 나온 전령들이 빠르게 내달렸다.

그들 전령들은 보급 창고를 빼앗겼고, 그로 인해 퇴각로가 차단되었다는 전황 보고를 공손도에게 전하기 위해 바람처럼 내달렸다.

그날 저녁.

조운이 이끄는 5백의 병력은 목적지인 수산(首山)을 하루거리에 남겨두었다.

공손도가 자신을 뒤쫓고 있다는 것을 정찰을 통해 이미 파악한 조운이었다.

타다닥!

타닥!

잠들어 있는 병사들 사이를 오가며 잠자리를 살펴주는 조운이 보였다. 그는 드문드문 피워둔 모닥불에 나뭇가지를 던

져두더니 자리를 잡고 드러누웠다. 그러고는 전포(戰袍)를 이불삼아 몸에 두르더니 잠에 들었다.

다음날, 날이 밝아오자 조운은 병력을 이끌고 또다시 길을 나서게 되었다.

그는 추격해 오는 공손도와 일정한 거리를 유지하였는데, 그것이 은근히 사람을 미치고 화가 나게 만들었다.

공손도는 조운이 마치 자신을 조롱하는 것처럼 잡힐 듯하면서도, 잡히지가 않자 화가 머리끝까지 치솟았다.

바보가 아니라면 조운이 왜 저렇게 행동하는지를 이상하게 여겼을 것이다. 하지만 이성을 잃은 공손도였고, 그런 그에게서 냉철함은 보이지 않았다.

그는 날이 밝자 또다시 추격을 명령했다.

"놈을 잡아! 조운을 죽이는 자에게 큰 상과 벼슬을 내릴 것이다! 속히 놈을 잡아!"

공손도의 그런 지시는 병사들의 사기를 끌어 올리는 것이 아니라 오히려 역효과로 나타났다.

처음부터 대규모 병력으로 소수의 병력을 따라잡는다는 것은 말이 되지 않았다. 그럼에도 그런 명령이 내려졌고, 전공을 세우고 싶은 병사들은 앞뒤 가리지 않고 조운을 추격했다.

하지만 공손도는 얼마가지도 않아 그 병사들이 조운에게 모조리 죽임을 당했다는 것을 알게 되었다.

공손도는 앞서갔던 백여 명의 병사들이 주검이 되어 있는 현장에 도착하자 괴성을 내질렀다.

"으아아악!"

"이제라도 추격을 멈추셔야만 합니다!"

"총사령! 지금 그게 할 말인가! 자네 눈에는 저기 죽어 있는 병사들이 보이지 않는가!"

공손도가 불같이 화를 내자, 총사령은 염유는 더 이상 말을 할 수가 없었다.

염유는 지금 너무나 불안했다.

무턱대고 조운을 추격하다 보니 어느 순간부터 대열이 중구난방으로 변해 버렸다. 그러다 보니 병사들은 자신이 속하는 부대가 어디에 있는지도 몰랐고, 자연히 명령이 통할 리가 없었다.

그럼에도 공손도는 마치 귀신에게 홀린 사람처럼 악착같이 조운을 쫓기만 하였다.

"이번에는 오백의 병력을 보내라! 반드시 놈을 죽여!"

공손도의 명령이 떨어지자, 염유는 어쩔 수 없이 병사 5백을 다시 내보내게 되었다.

그러나 공손도가 해질녘에 도착한 곳에서 앞서 보낸 5백의 병사들도 모조리 죽은 채로 널브러져 있는 것을 목도하게 되었다.

"이익! 두고 보자! 내일 놈을 다시 추격한다!"

유주목 공손도가 악에 받쳐 그런 명령을 내렸다.

그러자 그를 바라보는 총사령 염유의 눈빛이 변해갔다.

'저놈에게 병사들의 죽음 따위는 애초부터 관심 밖이었구나…….'

염유는 멀어져 가는 공손도의 뒷모습을 보면서 그런 생각을 하게 되었다. 그러다 보니 이제는 저런 무능한 자를 섬기는 것에 염증이 나고, 짜증이 치솟았다.

그때 한 무리의 전령이 빠르게 말을 몰아오는 것이 보였다.

모두 6명의 전령들이었고, 그들은 총사령 염유 앞에 도착하자 즉각 보고를 했다.

염유는 전령들이 전하는 소식이 도저히 믿기지가 않아 재차 확인을 했다.

"적들이 반산현에 있는 보급 창고를 점령하였다는 것이냐!"

"그러하옵니다! 이틀 전에 갑작스러운 기습을 받아 보급 창고를 빼앗기고 말았습니다!"

"아……."

총사령 염유는 갑자기 눈앞이 캄캄해지고, 제대로 서 있기도 힘들어졌다.

그러지 않아도 군량이 부족했었다. 그런데 적들에게 중요한 군량을 모조리 빼앗겼으니 앞으로가 막막해지는 순간이었다.

"요, 요수성으로 옮긴 군량은 얼마나 되더냐?"

"길어야 이삼 일만 지나면 군량이 바닥을 드러낼 것 같습니다."

"수고하였다, 가서 쉬어라. 노파심에서 하는 말이다만, 너희들은 함부로 입을 놀리지 말아야 할 것이다!"

"예! 명심하겠습니다!"

자신의 막사로 들어서는 염유의 어깨가 힘없이 축 늘어져 보였다.

그는 막사 안에서 심각하게 고민을 하게 되었다.

'병사들은 실타래처럼 엉켜 버려 통제를 할 수가 없다. 이런 상황에서 군량마저 없다면…….'

염유는 만약 병사들에게 이런 소식이 전해진다면 무슨 일이 생길지 눈에 선했다.

'폭동이 일어나겠지…….'

그런 생각이 들자 갑자기 머리가 아파왔다.

아무리 고민을 해보아도 마땅한 해결책이 없었다. 아니, 유일한 해결책이 하나 있었다. 이대로 요수성으로 돌아가서 흠차관과 화친을 하는 것이다.

그런 생각이 들자 염유는 공손도가 지내는 막사를 찾아갔다. 그러고는 전령의 보고 내용을 전해주었다.

"군량이 부족하니 요수성으로 돌아가서 화친을 하셔야 합

니다."

"뭐라! 화친! 내일이면 양평성 인근에 도착한다. 그곳에서 식량을 구하면 된다!"

"하지만 적들이 농성을 하면 그때는 어떻게 합니까?"

"답답하기는! 생각을 해봐! 요동군에서 약탈할 곳이 양평성 밖에 없겠나! 그러니 내일 조운 그놈을 죽이고, 양평성을 포위한다!"

공손도는 양평성이 하루거리라는 점을 강조하였다. 그는 이대로 돌아가서 화친을 하기 보다는 약탈을 통해 식량을 충당할 생각으로 그처럼 말했다.

그러나 총사령 염유는 내심 이것은 아니다 싶었다. 하지만 자신은 아무런 권한이 없으니 그저 묵묵히 따를 수밖에 없었다.

다음날, 마침내 조운은 계획대로 수산(首山)에 도착하게 되었다.

관해는 양평성 인근에 위치한 수산에서 조운이 오기만을 애타게 기다렸다. 그러던 중에 마침내 조운이 공소도의 군을 유인하는데 성공하자 반갑게 그를 맞이했다.

"오시느라고 수고하시었습니다."

"준비는 어찌 되었는가?"

"이미 만반의 준비가 되어 있습니다. 우리가 이곳 수산에 매복하고 있다는 것을 적이 알게 된다면 참으로 볼 만할 것입니다."

"배 부장을 앞서 보냈으니 곧 지원군을 이끌고 올 것이네. 그러니 그때까지만 버티면 될 것이네."

"예! 장군!"

조운은 언젠가 의형 수현을 따라 은밀한 곳으로 시찰을 나간 적이 있었고, 그곳에서 엄청난 광경을 보게 되었다.

그때 엄청난 위용을 자랑하였던 그 병력이 조만간 지원군으로 올 것이라는 생각에 든든해지는 그였다.

한편, 그 무렵 양평성(襄平城).

배원소 그는 어젯밤에서야 겨우 양평성에 도착하였다. 그는 날이 밝자 곧바로 흠차관 진수현을 만나기 위해 찾아갔다.

이른 아침에 관사를 찾아온 배원소를 만난 수현이었다. 그를 통해 그간의 일들과 조운이 요구한 것을 전해 듣게 되었다. 그러자 흠차관 진수현은 곧바로 조당으로 향했다.

경호대장 허저의 호위를 받으면서 복도를 걷는 흠차관이었다.

지금의 상황이 어떠하다는 것을 보여주는 듯 조당으로 연결되는 복도에는 무장한 병사들이 일정한 간격으로 경계를 서고 있는 것이 보였다.

그런데 병사들이 들고 있는 무기가 독특했다.

지금은 후한(後漢) 시대이다.

중국의 가장 오래된 공예기술서인 주례(周禮) 고공기(考工記)를 살펴보면, 후한시대의 표준 무기로 자리를 잡은 극(戟)에 관하여 자세하게 기술이 되어 있다. 그만큼 극(戟)이 가장 보편적이면서도 광범위하게 사용되었다는 것을 나타냈다.

하지만 수현은 과감하게 극의 사용을 폐지하였고, 창을 제식 무기로 사용하도록 하였다. 그가 이런 결정을 내린 것에는 그만한 이유가 있었다.

수현은 극이 장점이 뛰어나지만, 반대로 단점도 많다는 것을 알고 있었다.

특히 극으로는 중무장한 기병을 상대할 수 없다는 치명적인 약점이 있었다. 그러기에 흠차관은 요동군(遼東軍)의 보병 제식 무기로 창을 선택하게 된 것이다.

충!

충!

경계를 서고 있는 병사들의 우렁찬 경례 구호를 받으면서 조당에 도착한 흠차관이었다.

"흠차관 각하 납시오!"

수현의 시종인 이평이 조당 문을 열어주며 옆으로 물러났다.

흠차관 진수현이 조당으로 들어서자, 대기 중이던 많은 속관들이 흠차관에게 인사를 해왔다.

수현은 자신의 자리로 성큼성큼 걸어가 자리를 잡고 앉더니, 조당에 모여 있는 속관들을 잠시 바라보다 입을 열었다.

"기무원장."

"예, 각하."

기무원장(機務院長) 가후는 자신을 호명하는 흠차관을 향해 허리를 살짝 숙여 보이며 답을 했다.

"자룡이 신병기를 요구해 왔네, 자네는 어떻게 생각하는가?"

"자룡 공이 그것을 요구해 왔다면 그만한 이유가 있을 것이옵니다. 그러니 서둘러 지원을 하심이 가한 줄로 아옵니다."

그러자 이번에는 가후의 반대편에 있는 대사도(大司徒) 손소를 바라보며 말했다.

"대사도, 그대도 기무원장과 같은 생각인가?"

"그러하옵니다."

"두 사람이 그리 말을 하니 본관 또한 조운의 청을 받아들이겠다. 기무원장은 속히 그곳으로 떠날 차비를 해주게."

"예, 각하."

조운이 요청한 것이 워낙에 중차대한 기밀사안인지라 극소수의 인물들을 제외하고는 철저하게 기밀로 관리가 되고 있었다. 그러기에 몇몇의 인물들만을 제외하고는 다들 영문을 모르겠다는 표정이었다.

"모두 들으라!"

흠차관은 이제껏 비밀리에 진행한 계획인지라 몇몇의 인물들을 제외하고는 아무것도 모르는 자들이 많다는 것을 알고 있었다.

그러기에 이번 기회를 이용하여 그동안 준비해 왔던 신병기를 모든 관원들에게 공개할 생각이었다. 그래서 모든 관원들을 대동하고 성을 빠져나갔다.

시간이 흐르고, 흠차관은 그동안 철저하게 비밀로 붙여두었던 곳에 도착했다.

그가 도착한 곳은 양평성에서 그리 멀지 않은 곳에 위치한 태자하(太子河) 유역이었다.

태자하는 양평성의 동쪽을 감싸고 흘렀다.

진왕(후의 시황제)을 암살하려다 실패한 연나라의 태자 희단이 있었다.

그는 암살에 실패하자 요동으로 도망친 후 이 강에 몸을 던져 죽었다. 그때부터 사람들은 태자가 죽은 강이라 하면서 태자하라고 부르기 시작하였다.

흠차관의 일행들은 양평성에서 동남쪽으로 20여 리(里) 떨어진 곳에 위치한 굉위성(宏偉城)으로 향했다. 강변을 따라 이동하던 흠차관 진수현을 비롯한 관리들이 평야 지대를 지나게 되었다.

그러자 산세가 험한 곳이 나타났고, 진입로 입구를 십여 명의 병사들과 하급 군관이 지키고 있었다.

"충!"

입구를 지키고 있던 하급 군관은 갑자기 흠차관이 나타나자 놀라더니 목청이 터져라 군례를 올렸다.

흠차관은 그들을 지나 길을 따라 산속으로 들어섰는데, 모두 3개의 관문을 통과해야만 하였다.

그렇게 산속의 관문을 통과하고, 길이 끝날 쯤에 웅장한 성문이 나타났다.

지금껏 이런 곳이 있다는 것조차 모르고 있었던 흠차관의 속관들은 병사들을 보면서 내심 놀라고 있었다. 하나같이 눈빛은 날카로웠고, 굳건한 모습으로 경계를 서고 있는 것이 다들 엄청난 훈련을 받은 정예병이라는 것을 짐작하게 만들어주었다.

"흠차관 각하이시다! 성문을 열어라!"

수문장의 우렁찬 외침에 병사들이 일제히 성문에 달라붙더니 힘을 쓰기 시작했다.

끼이익!

끼익!

이내 요란한 소리를 내면서 육중한 성문이 열리자 반원 형태의 통로가 나타났다.

흠차관의 일행들은 천천히 말을 몰아가며 석굴처럼 되어 있는 성문을 통과하였다.

그들이 성문을 통과하자 갑자기 눈앞이 탁 트인 광활한 공간이 나타났다.

굉위성(宏偉城)의 3면은 산으로 둘러싸여 있었고, 그 안은 평지인 분지(盆地)형 지역이었다. 그러기에 외부의 시선을 차단하기가 쉬웠고, 이처럼 비밀리에 일을 꾸미기에도 안성맞춤인 곳이었다.

수현은 성의 중심부에 위치한 관청으로 향했고, 미리 연락을 받았는지 한 무장이 황급히 달려오는 것이 보였다.

"충!"

절도 있게 군례를 올리는 무장이었고, 수현이 말에서 내리더니 그에게 다가가서는 환하게 웃어 보였다.

"엄 장군, 오랜만이네."

흠차관 진수현을 맞이하기 위해 서둘러 나온 이는 놀랍게도 엄강(嚴綱)이란 자였다.

엄강 그는 공손찬 휘하의 맹장으로 알려진 자였다. 그리고 예전 흠차관과의 전투 때 북평성을 방비하였던 수비대장이 바로 그였었다.

엄강은 당시에 이마를 돌에 맞는 큰 부상을 입었고, 며칠간 이나 의식이 없었다. 그런 그를 흠차관이 화타에게 부탁하여 치료를 해주었다.

화타의 치료 덕분에 며칠이 지나 의식을 되찾은 엄강이었고, 자신이 어떻게 흠차관의 도움으로 살아나게 되었는지를 화타를 통해 알게 되었다.

엄강은 한때 하북(河北) 지역에서 맹위를 떨쳤던 용장이었다.

그런데 섬기던 주군인 공손찬이 자신을 헌신짝처럼 버렸다는 것을 알게 되자 엄청난 배신감을 느끼게 되었다. 그러자 엄강은 흠차관을 찾아가 자신의 목에 칼을 겨누며 거두어달라고 하였다.

수현은 자신이 엄강을 외면하면 자결을 할 것이라는 것을 알았기에 그를 받아들이게 되었다. 그런 후에 그를 이곳 광위성의 성주로 임명했다.

엄강은 자신에게 생명의 은인이나 다름이 없는 흠차관을 만나게 되자 환한 표정으로 소리쳤다.

"오신 것을 환영합니다. 각하!"

"귀갑대의 출정식을 거행하였으면 하네, 작전은 전에 알려준 대로 하면 될 것이네."

"예! 일각 후에 출정식을 거행하겠나이다."

그러더니 귀갑대장 엄강은 휘하의 부장들에게 출정식을 준비하라는 지시를 내렸다.

흠차관을 비롯한 여러 관원들은 엄강의 안내를 받으면서 성안을 둘러보며 시간을 보냈다.

잠시 후, 준비가 되었는지 엄강은 흠차관을 연무장으로 안내하였다.

히이잉!

푸르릉!

끝이 보이지 않을 정도로 드넓은 연무장에 흠차관이 도착하였다.

"오! 장관이군!"

마치 자로 잰 것처럼 한 치의 흐트러짐 없이 대오를 갖춘 5천의 중장기마대가 웅장한 자태를 드러냈다.

그런데 그들 기마병들의 무장은 지금까지 본적이 없었던 형태였다.

귀갑대(鬼甲隊)로 불리는 병사들의 전신은 작은 비늘을 꿰매어 만든 갑옷인 찰갑(札甲)으로 무장이 되어 있었다.

또한 그들이 타고 있는 전마들 또한 마갑(馬甲)이 씌워져 있었다.

그리고 천 명 단위로 구성된 기마의 엉덩이 부근에는 각자의 소속을 나타내는 5가지 색의 작은 깃발이 걸려 있었다.

그들 병사들의 손에는 장창이 들려 있었고, 안장에는 보조 무기로 환수대도와 활이 걸려 있었다.

또한 등자에 걸려 있는 그들의 발에는 쇠로 만든 신이 보였는데, 날카로운 쇠못이 박혀 있어 근접전에 유용하게 사용할 수 있게 되어 있었다.

철제 투구로 완전무장한 귀갑대는 날카로운 눈빛으로 흠차관을 바라보았다.

수현은 위풍당당한 귀갑대 병사들을 사열대에서 내려다보니 심장이 거침없이 요동치는 것이 느껴졌다.

그동안 심혈을 기울여 양성한 기병이었고, 저들이 훗날 고구려의 주력 부대로 등장하는 개마무사(鎧馬武士)라는 것을 잘 아는 그였다.

수현은 요동 일대에서 산출되는 풍부하고, 질이 좋은 철과 우수한 장인들을 이용하여 혁신적으로 갑옷의 무게를 줄일 수 있었다.

그 덕분에 수현이 귀갑대(鬼甲隊)로 이름을 정한 그들은 중무장이 가능하게 되었다.

또한 선비족의 일파인 태사자의 장인 모용부족의 막호발의 도움으로 강인한 체력을 가진 전마를 손쉽게 확보할 수 있게 되었다.

그 덕분에 막강한 전투력을 자랑하는 중장기병이 탄생하게 되었다.

흠차관의 사열이 끝나자, 엄강의 통솔 아래 귀갑대는 광위성을 빠져나왔다.

그들 귀갑대원들이 향한 곳은 수산에서 그리 멀지 않은 곳에 위치한 작은 마을인 신립둔(新立屯)이었다.

다음날.

유주목 공손도는 전날 수산(首山)에서 10여 리(里)떨어진 곳에 도착하여 병사들을 쉬게 하였다. 그러면서 그는 병사들에게 내일 동이 틀 무렵에 일제히 수산을 공격하라는 지시를 내린 상태였다.

그런데 공손도가 엄청나게 착각하고 있는 것이 하나 있었다.

공손도는 지금까지 조운을 추격하면서 노숙한 흔적들이 하루가 다르게 줄었다는 것을 알게 되었다.

그래서 공손도는 조운의 병사들이 대부분 도망치고, 그를 따라 수산으로 들어간 병력들이 얼마 되지 않는다고 생각하였다.

하지만 수산에는 관해가 이끄는 일만의 병력이 숨 죽인채로 그를 기다리고 있는 중이었다.

그런 사실을 모르는 유주목 공손도였고, 날이 밝자 수산을 향해 총공격을 명령했다.

뿌우우!

둥!

둥… 둥!

아직 채 날이 완전히 밝지도 않은 시각이었다. 드넓은 평야에 각적(角笛)이 길게 울음을 토해냈다. 그리고 수십의 고수들이 커다란 북채로 빠르게 북을 때리기 시작하였다.

둥… 둥!

척!

척… 척!

그런 공격 신호에 맞춰 공손도의 병사들이 질서 정연하게 움직이기 시작했다.

유주목 공손도는 수산을 향해 진격하는 병사들을 후방에 마련된 연대(演臺)에서 물끄러미 바라보았다.

그리고 그의 곁에는 이번 원정군의 총사령인 염유와 책사 공손기가 긴장된 표정으로 전장을 바라보고 있는 중이었다.

잠시 동안 병사들의 진격하는 모습을 지켜보던 유주목 공손도가 입을 열었다.

"이보게, 총사령. 저 병사들을 보게, 참으로 장관이지 않은가?"

"그러하옵니다. 잠시 후면 수산에 숨어 있는 쥐새끼들을 모조리 쓸어낼 것이옵니다."

"조금만 기다리시면 전령들이 승전보를 전해올 것입니다."

"하하하, 당연히 그럴 것이네!"

총사령 염유를 비롯한 책사 공손기가 그처럼 말하자 입가에 미소가 생겨나는 유주목이었다.

공손도는 아무리 상황이 어렵다 하더라도 십만의 대군이라면 충분하다고 여겼다.

그는 이대로 수산을 공격하여 서전을 승리로 장식한 후에 곧바로 양평성으로 진격할 계획이었다.

그런 생각에 공손도는 마치 이미 전투에서 승리한 것처럼 잔뜩 상기된 표정으로 전방을 바라보았다.

한편, 수산(首山)을 향해 끝이 보이지 않을 정도로 진격을 해오는 공손도의 병사들이 보였다.

그들의 진형은 바늘이 들어갈 틈도 보이지 않을 정도로 촘촘하였고, 한여름의 땡볕 아래 산으로 몰려드는 것이 마치 불개미처럼 여겨졌다.

조운은 점점 다가오는 공손도의 병사들을 바라보며 입가에 조소를 만들었다.

"흣! 이곳이 사지가 될 것이란 것도 모르고 꾸역꾸역 잘도 올라오는구나."

"장군, 저들은 무려 십만에 달하는 대병력이옵니다. 병사들이 버텨낼 수 있을지 걱정이옵니다."

그동안 수산에 머물면서 만반의 준비를 하였던 관해였다. 그러나 막상 십만에 달하는 병력을 보게 되자 불안한지 굳은 표정으로 말했다.

그러자 조운이 고개를 돌려 그를 바라보았다.

"관해 장군은 양산이란 말을 들어본 적이 있는가?"

"양산? 금시초문입니다."

"병법에 이르기를 적이 공격하기에 가장 어려운 산을 양산이라고 한다네. 자, 한번 둘러보게."

조운이 맞은편에 있는 산봉우리를 손으로 가리키며 설명을 해주었다.

"자네가 그동안 이곳과 맞은편에 단단하게 요새를 구축하였지, 그러니 적들은 쉽게 공격하기가 어려울 것이네."

그러면서 조운은 수산이 비록 그리 높지는 않으나 산세가 험하여 적들이 쉽게 점령하지 못할 것이라고 말했다.

그런 말에 관해는 조금은 안심이 되는 듯 표정이 한결 가벼워 보였다.

잠시간의 시간이 흐르자 마침내 공손도의 병사들이 산을 오르기 시작하였다.

하지만 워낙에 산세가 험한 탓에 미끄러지거나 구르는 자들이 속출하였다.

"공격하라!"

"적을 막아라!"

조운과 관해는 병사들을 독려하며 준비해 두었던 화살과 통나무, 바윗덩이를 이용하여 적들을 상대하였다. 그러나 수적으로 열세라는 것을 보여주는 듯 적들은 마치 개미떼처럼 꾸역꾸역 산을 오르고 있었다.

조운은 잠시 전황을 살피다가 자신의 곁에 있는 배원소를 바라보았다.

"배 부장, 가서 신호를 보내게!"

"예, 장군!"

그런 지시를 받은 배원소가 황급히 어디론가 향했다.

그는 거친 숨을 몰아쉬며 산 정상을 향해 내달렸고, 얼마가지 않아 일단의 병사들이 모여 있는 곳에 도착하게 되었다.

배원소는 거칠게 숨을 몰아쉬면서 그들을 향해 소리쳤다.

"시, 시작하라!"

그의 지시가 떨어지자 대기 중이던 병사들이 커다란 웅덩이에 횃불을 던져 넣었다.

화르륵!

화르르!

배원소가 도착한 곳은 전장에서 필요한 무기와 생필품을

보관하는 창고였다.

여러 생필품 중에서 기름을 보관한 창고였고, 창고 앞 웅덩이 안에 있는 기름은 경유(鯨油), 혹은 고래 기름으로 알려져 있는 것이었다.

고래 기름은 순식간에 맹렬하게 활활 타오르면서 시커먼 연기를 하늘 높이 올려 보냈다.

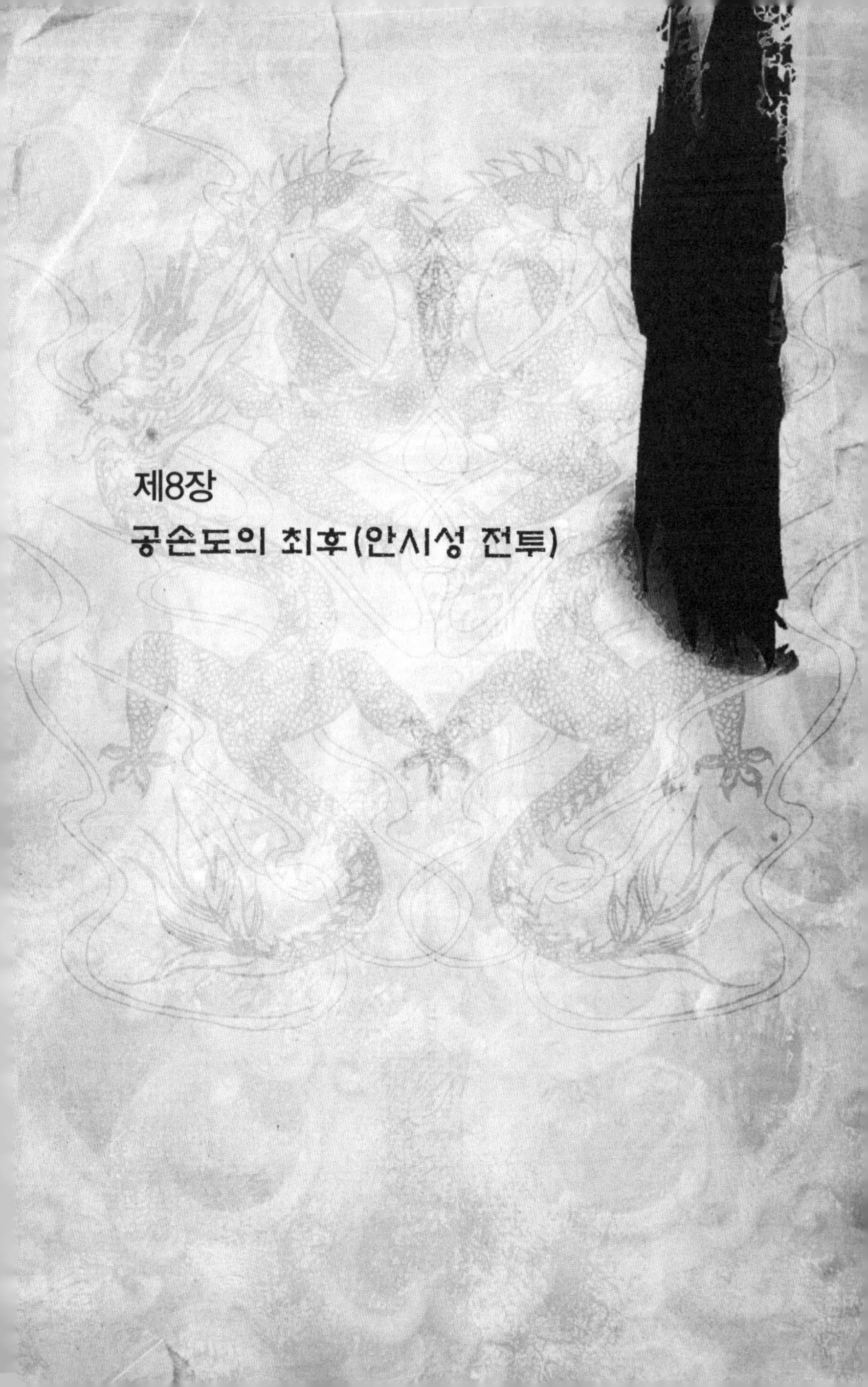

제8장

공손도의 최후(안시성 전투)

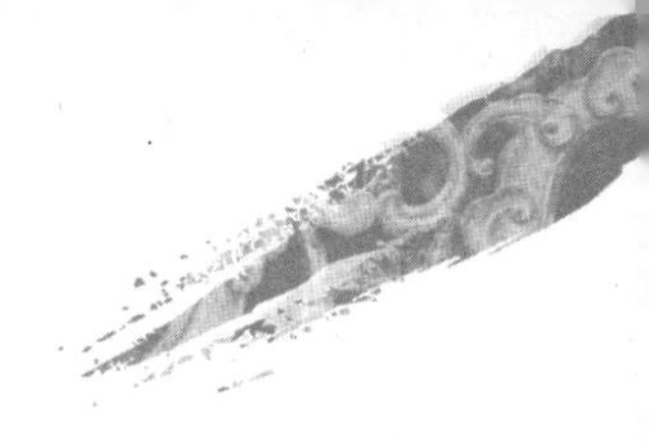

한편, 수산에서 동쪽으로 10여 리(里) 거리에 있는 작은 마을인 신립둔(新立屯).

5천의 귀갑대(鬼甲隊)를 이끄는 대장 엄강은 이미 마을에 도착하여 초조한 마음으로 신호를 기다리고 있는 중이었다.

그렇게 이제나 저제나 신호가 나타나기만을 기다렸던 그였다. 하지만 아무리 자신이 초조하다고 하여도 어떻게 수하들이 지켜보는 앞에서 내색을 할 수 있겠는가.

귀갑대장 엄강은 마을 초입에 있는 우람한 감나무 그늘 밑에서 느긋하게 죽간을 펼친 채로 독서에 열중하는 모습이었다. 그러나 겉보기에만 여유로운 모습일 뿐이었고, 실상은 죽간의 글귀가 눈에 들어올 리가 없었다.

"신호다!"

누군가의 외침인지는 모르지만 엄강은 그 소리에 자리에서 벌떡 일어나 수산을 바라보았다. 그러자 수산의 산봉우리에서 시커먼 연기가 치솟는 것이 보였다.

"출정하라!"

귀갑대장 엄강은 마침내 자신이 나설 차례라고 생각하면서 그런 지시를 내렸다.

그의 지시에 대기 중이던 귀갑대원들이 일제히 말에 올랐고, 질서 정연한 모습으로 마을 입구를 빠져나갔다.

그런데 수산에서 다급한 신호가 올랐음에도 불구하고 귀갑대원들을 마치 유람이라도 가는 듯 느긋하게 움직였다.

그럴 수밖에 없는 것이 귀갑대는 중장기병이다. 경기병에 비하면 엄청난 무장을 자랑하는 귀갑대였다. 그러나 한 가지 치명적인 단점이 있었으니 바로 장거리 이동에 취약하다는 것이었다. 그러기에 기병대장은 전마들의 체력 안배에 신경을 쓸 수밖에 없었다.

엄강 역시 오랜 시간 동안 귀갑대를 지휘하면서 체득한 것이 있었기에 함부로 질주하지 못하게 병사들을 신경 써야만 하였다.

귀갑대장 엄강은 마음은 다급하였지만 전마들의 체력을 안배하여 평보(분당 100~110보)로 이동을 하게끔 하였다.

그렇게 신립둔(新立屯)을 벗어나고 얼마 되지 않았을 때였다.

마침내 귀갑대장 엄강은 공손도의 병사들을 발견하게 되었다.

그들 공손도의 병사들은 귀갑대가 나타난 것도 몰랐고, 오로지 수산을 공략하기에 여념이 없었다.

엄강은 말 위에서 치열하게 교전을 벌이고 있는 수산을 바라보며 전황을 살폈다.

'아군은 소진을 펼친 상태이고… 공손도의 군은 촉진을 펼쳤구나.'

귀갑대장 엄강은 전장에서 잔뼈가 굳은 노회한 장수였다.

그가 전장에서 보낸 세월만큼이나 눈으로 보고 익힌 것을 무시할 수는 없었다. 그러기에 지금 눈앞에 펼쳐져 있는 전황을 살피면서 그런 판단을 내렸다.

그런데 한 가지 이상한 점이 있었다.

아무리 경험이 풍부한 장수라 하여도 단번에 양 진영이 펼친 진법을 알아챘다는 것은 말처럼 쉬운 것이 아니었다.

엄강이 양 진영의 진형을 소진(疏陣)이나 촉진(數陣)으로 단번에 파악하게 된 것에는 우연한 기회에 얻은 병법서 덕분이었다.

그러니까 엄강이 북평성(北平城)의 수비대장으로 있을 때였다.

그 당시에 엄강은 심각한 부상을 입었고, 화타의 신묘한 의술 덕분에 간신히 살아날 수 있게 되었다. 그렇게 구사일생한 엄강이었고, 북평성 외각에 위치한 농가에서 요양을 하면서 회복에 전념을 하였다.

그러던 어느 날, 야심한 시각이었다.

갑자기 요란스럽게 천둥이 치더니 엄강이 지내고 있는 농가의 마당에 있는 대추나무에 벼락이 내리쳤다.

놀란 엄강이 마당에 나와 보니 벼락에 맞은 대추나무에 불이 붙은 것을 보게 되었다. 그리고 이내 거칠게 폭우가 쏟아지기 시작하였음에도 불구하고 좀처럼 불이 꺼지지 않았다.

그는 너무나 기이한 일이라는 생각에 그 자리에서 꼼짝을 하지 않고 그런 광경을 지켜보았다. 시간이 흘러 불타던 대추나무가 꺼졌고, 앙상한 나뭇가지만이 흉물스럽게 남게 되었다.

그럼에도 불구하고 엄강은 그곳으로 걸어가서 주변을 살펴보았다.

그는 벼락에 맞은 대추나무(벽조목)는 단단하기가 돌보다 더하다는 생각을 떠올렸다. 더구나 벽조목을 지니고 있으면

악귀를 쫓아준다는 것이 생각나 이리저리 살펴보았다.

그렇게 불타 버린 벽조목을 살피던 도중에 밑동에서 은은하게 광채가 흘러나오는 것을 발견하게 되었다.

기이한 광경에 놀란 엄강이 바닥의 흙을 걷어내자 청동으로 만든 함이 나타났고, 그 안에는 가죽으로 정성스럽게 포장한 죽간이 들어 있었다.

그것을 괴이하게 여긴 엄강이 자신의 방으로 들어가 살펴보았는데 죽간은 모두 3개였다. 그리고 그 죽간은 상략(上略), 중략(中略), 하략(下略)의 3개의 편목으로 구성되어 있었다.

당시 엄강은 모르고 있었지만 그 죽간은 손자병법(孫子兵法), 오자병법(吳子兵法), 사마법(司馬法), 육도(六韜), 울요자(尉繚子), 이위공문대(李衛公問對)와 함께 무경칠서(武經七書)에 속하는 삼략(三略)이었다.

엄강은 그렇게 우연한 기회에 병법서 삼략을 수중에 넣게 되었다.

그는 건강을 회복하는 틈틈이 병법서를 익히게 되었고, 훗날 흠차관 진수현의 휘하에 들어가게 되었다.

그런 이유로 엄강은 조운과 관해가 펼친 진법이 진퇴가 자유로운 소진(疏陣)이란 것을 파악하게 되었다. 또한 공손도의 병사들이 파도처럼 들이치는 촉진(數陣)을 상대하고 있다는 것도 알게 되었다.

그런 광경을 지켜보던 귀갑대장 엄강이 크게 소리쳤다.

"전속으로 돌격한다! 주변을 보지 않고 오로지 적진을 관통한다!"

"예! 장군!"

엄강의 지시를 받은 다섯 군후(軍侯: 천인장급)들이 우렁차게 답을 하였고, 그런 지시는 순식간에 진형을 변하게 만들었다.

돌격 지시가 떨어지자 경험이 풍부하고, 노련한 병사들이 진형의 좌우에 포진하였다. 그리고 이제 갓 입대한 젊은 병사들은 자연스럽게 중앙으로 포진을 하게 되었다.

두두두!

두… 두!

귀갑대원들이 그동안 얼마나 혹독하게 훈련을 받았는지를 여실히 보여주는 듯 그들의 움직임은 군더더기가 없었다.

순식간에 그들은 쐐기 모양의 추행진(錐行陣)으로 변하였다.

강력한 돌파력을 자랑하는 추행진이었고, 전마들은 눈 깜짝할 사이에 공손도의 군에 도달하게 되었다.

퍽!

퍼벅!

컥!

악!

귀갑대원들은 들고 있던 장창으로 거침없이 공손도의 병사들을 마치 꼬치처럼 꿰뚫어 버렸다.

공손도의 병사들은 한창 수산을 향해 진격을 하던 중에 갑자기 처음 보는 형태의 기마대가 비호처럼 달려오는 것을 넋을 놓고 바라볼 수밖에 없었다.

그도 그럴 것이 귀갑대의 전마들이 최대속력으로 질주를 하면 분당 400M 이상을 내달렸다. 그러니 채 1㎞가 되지도 않는 거리였고, 공손도의 병사들이 그들을 발견했을 때는 아무런 대비도 할 수가 없는 상태였다.

퍽!

퍼버벅!

으아악!

귀갑대의 맹렬한 공격에 공손도의 병사들은 비명을 내지르며 쓰러지거나, 도망치기에 급급했다. 하지만 제대로 된 방어구도 없이 달랑 극(戟) 한 자루만 들고 수산으로 향했던 그들이었다. 그러니 그들은 귀갑대원을 상대할 수 없었고, 천하무적이나 다름이 없는 그들의 존재는 마치 지옥의 야차처럼 막강하였다.

몇몇의 공손도 병사들이 귀갑대를 상대하려고 극(戟)을 휘둘러보았지만, 온몸을 철갑으로 무장한 상태라 통하지가 않았다.

귀갑대는 막강한 전투력으로 적진을 돌파하였고, 그들 귀갑대가 지나간 자리에 남은 것이라고는 처참한 형태의 주검들뿐이었다.

수산을 오르던 공손도의 병사들은 그런 광경에 마치 약속이라도 한 듯이 넋을 놓아버렸다.

그때 조운이 크게 소리쳤다.

"공손도를 죽여라!"

"적을 섬멸하라!"

조운과 관해는 수산에서 적병들을 상대하는 중이었다. 그러다가 귀갑대의 막강한 전투력에 공황 상태에 빠진 적들을 상대하기 위해 그처럼 소리쳤다.

그러자 곳곳에서 공격을 알리는 각적(角笛)이 길게 울음을 토해냈다.

뿌우우!

둥!

둥… 둥!

요란한 북소리가 전장에 울려 퍼졌고, 그 소리는 요동군(遼東軍)의 사기를 끌어 올리기에 충분하였다.

우와아아!

우와아아!

조운, 관해의 병사 1만 8천 명은 심장을 요동치게 만드는 공격 신호가 들려오자 산을 내려가면서 괴성을 내질렀다.

"기병이다!"

"적 기병이 돌아온다!"

누군가의 외침에 공손도의 병사들은 더 이상 그곳에 있을 수가 없었다.

단 한 번의 돌파로 엄청난 공격력을 보았던 상태였다. 그런데 그 막강한 기병대가 다시 돌아온다고 하자 누가 먼저라 할 것도 없이 몸을 돌려 도망칠 수밖에 없었다.

그들은 마치 귀신을 본 듯하였고, 얼마나 공포에 사로 잡혔는지 자신의 생명이나 다름이 없는 무기도 버려두고 후방으로 도망칠 수밖에 없었다.

도깨비 가면을 쓰고, 햇빛에 반사되어 뻔쩍거리는 갑옷으로 전신을 무장한 귀갑대(鬼甲隊)!

퍼벅!

퍼버벅!

귀갑대의 재차 공격이 시작되자 또다시 전장에는 듣기에 끔찍한 소리가 울려 퍼졌다. 그들 귀갑대원들은 마치 훈련을 하는 듯 공손도의 병사들을 유린했다.

유주목 공손도는 그런 끔찍스러운 광경에 기겁을 할 수밖에 없었다.

반각 전만 하더라도 이번 전투에서 승리를 확신하였다.

그런데 지금은 전세가 완전히 돌변하였고, 맹렬하게 본진을 향해 돌진해 오는 귀갑대를 보고 있자니 자신도 모르게 공포에 사로잡혀 손이 부들부들 떨렸다.

잠시간의 시간이 지나 간신히 정신을 수습하더니 소리치는 공손도였다.

"활을 쏴라!"

그런 명령을 내렸지만 부질없는 짓에 불과하였다.

이미 공손도의 병사들은 수산(首山)을 향해 총공격을 감행하였기에 궁수들이 없었다. 설령 그의 지시대로 활을 쏜다고 하더라도, 막강한 방호력을 자랑하는 귀갑대에게는 통할 리가 없어 보였다.

"주공! 적들이 온통 철제 갑옷으로 무장하여 화살도 소용이 없습니다! 속히 이곳을 벗어나야 합니다!"

책사 공손기가 그처럼 말하자 충격이 큰지 유주목이 몸을 휘청거렸다.

그러자 총사령 염유가 그를 부축하면서 다급히 말했다.

"어서 여기를 벗어나셔야 합니다!"

"벼, 병사들을 버려두고 나 혼자 도망치라는 것이냐!"

"지체하면 도망칠 기회조차 없습니다! 속히 떠나시지요. 여기는 제가 남아서 시간을 벌어보겠습니다."

총사령 염유는 비록 자신을 무시한 유주목 공손도일지라도 전장에서 죽게 내버려둘 수가 없어 굳은 표정으로 그처럼 말했다. 비겁하게 도망치고 싶은 생각 따위는 없었던 염유이었다.

하지만 공손도의 인간성은 총사령 염유와는 격이 달랐다.

"부탁하네!"

유주목 공손도는 총사령 염유 따위는 아무런 미련이 없다는 듯 서둘러 연대(演臺)를 내려가 버렸다. 그러자 그의 뒤를 따라 책사 공손기도 황급히 자리를 비워 버리고 말았다.

그런 모습을 침통한 표정으로 바라보던 염유는 애써 외면하기 위해 눈을 질끈 감아버렸다.

연대를 내려온 유주목 공손도는 예비대 중에서 기병 1천을 이끌고 길을 떠났다. 그는 후방을 태사자가 차단하였다고 책사 공손기가 알려주자, 안시성(安市城)이 있는 영구현(營口縣) 방면으로 길을 잡았다.

그들이 멀어져 가는 것을 지켜보던 총사령 염유가 주변의 무관들을 바라보며 소리쳤다.

"퇴각을 알려라!"

그의 지시에 놀란 부장들이 동시에 바라보았다.

"어서!"

추상(秋霜)과도 같은 총사령 염유의 지시였고, 잠시 후 전장에 퇴각 신호가 울려 퍼졌다.

징!

징… 징!

갑자기 전장 곳곳에 퇴각을 알리는 징소리가 울렸다.

그러자 수산을 총공격하였던 공손도의 병사들은 누가 먼저라 할 것도 없이 재빨리 물러났다.

잠시 그런 광경을 지켜본 염유가 또다시 엄청난 명령을 내렸다.

"병사들에게 항복을 하겠다고 소리치도록 하여라!"

"장군!"

"항복이라니요!"

"결사항전을 해야 합니다!"

총사령 염유 곁에 있던 부장들이 일제히 놀라서 반대를 했다.

그러나 이미 유주목 공손도에게 미련이 남지 않은 염유였고, 단호한 표정으로 또다시 같은 지시를 내렸다.

"흥! 누구를 위해 죽을 각오로 싸우겠다는 것이냐! 우리를 버리고 제 살길만 찾아 도망친 공손도를 위해 정녕 죽기를 원하는 것이냐!"

"하오나."

"그만! 너희에게는 부모와 처자식이 없다는 것이냐! 또다시 지시를 거역한다면 군법으로 처단할 것이다! 속히 시행하라!"

총사령 염유의 단호한 외침에 부장들은 더 이상 아무런 말을 할 수가 없었다.

이미 유주목 공손도는 도망을 쳤고, 이대로 시간이 흐른다면 무슨 일이 일어날지 뻔했다. 그럼에도 불구하고 부장들은 선뜻 그의 지시를 병사들에게 내릴 수가 없었다.

그러자 보다 못한 염유가 험악한 표정으로 또다시 명령을 내렸다.

"뭣들 하느냐! 어서 항복을 한다고 병사들에게 소리치게 하여라! 정녕 병사들이 죽기를 원하는 것이더냐!"

"예! 총사령!"

굳은 표정으로 그처럼 답을 할 수밖에 없는 부장이었고, 이내 그런 명령은 퇴각하는 병사들에게 신속하게 전해지게 되었다.

그러자 잠시 후 병사들의 우렁찬 외침이 전장에 울려 퍼졌다.

"항복하겠다!"

그런 외침이 전해지자 조운은 귀갑대에게 대기하라는 지시를 내렸다.

잠시 후, 총사령 염유가 상투를 풀어헤쳤다. 또한 입고 있던 갑옷도 풀어내더니, 맨발로 걸어 나갔다.

퇴각을 하던 공손도의 병사들은 총사령 염유의 비참한 몰골을 마치 넋이 나간 사람처럼 멍하니 바라만 보았다.

그러다 하나둘씩 병사들이 염유를 향해 엎드리더니 구슬피 울기 시작하였다. 그들은 총사령이 자신들을 살리기 위해 굴욕을 감내하고 있다는 것을 너무도 잘 알고 있었다. 그러기에 마치 부모를 잃은 것처럼 땅바닥에 엎드린 채로 흐느꼈다.

"울지 말거라, 살아서 고향에 돌아가야지."

"자, 장군!"

"흐흑! 장군……."

조운은 그런 광경을 지켜보면서 만감이 교차했다.

총사령 염유가 자신의 부귀와 영달보다는 병사들을 위하는 모습을 보니 그가 진정한 대장부란 생각이 들었다.

그러기에 조운은 산을 내려와 항복을 위해 무릎을 꿇고 있는 염유를 손수 일으켜 세워주었다.

앞으로 염유는 항장이라는 멍에가 따라다닐 것이고, 그것이 무겁고도 가혹하다는 것을 잘 아는 조운이었다.

그러나 염유의 용기 있는 결단 덕분에 수많은 생명을 살렸으니, 어느 누구도 염유를 두고 책을 잡을 수 없을 것이라고 여기는 조운이었다.

이튿날.

요동군(遼東郡) 신창현(新昌縣).

드넓은 평야에 세워진 안시성(安市城)은 10만의 인구가 상주했다.

흠차관의 지시에 의해 철저하게 계획되어 축조된 안시성이었고, 전체 성벽의 길이는 대략 3㎞에 이르렀다. 성벽 둘레에는 해자를 깊게 팠고, 요하의 지류에 속하는 해성강으로 해자를 메꾸게 하였다. 또한 곳곳에 방어 시설을 구축하였기에 난공불락의 요새나 다름이 없었다.

그러기에 전략적으로 흠차관이 통치하는 양평성(陽平城) 다음으로 중요한 곳이었다.

그곳 안시성의 성주(城主) 장합은 이제 20대 중반의 젊은 나이라는 것이 믿기지 않을 정도로 훌륭하게 통치를 하고 있었다.

그런 면모를 여실히 보여주는 듯, 장합은 유주목 공손도와의 전쟁이 발발한 후로 언제나 갑옷 차림으로 정무를 보았다.

오늘도 평소와 다름없이 등청 길에 나서려고 준비를 하는 그였다.

하인들의 도움으로 갑옷을 차려입고 매무새를 점검하는 그때였다.

"성주님."

장합은 갑작스럽게 문밖에서 들려온 음성을 듣게 되자, 하인들에게 물러나라는 뜻으로 손짓을 해 보였다.

"들어오시오."

이내 문이 열리면서 장합의 침소로 들어선 이는 놀랍게도 젊고 아리따운 여인이었다.

하인들이 침소를 나가면서 안으로 들어온 그 여인을 향해 공손히 인사를 했다.

장합은 잠시 후 단둘이 남게 되자 그녀에게 다가가며 말했다.

"그런 일은 시녀들에게 시킬 것이지. 매번 번거롭지 않소?"

"아닙니다. 제가 좋아서 하는 일입니다."

그러더니 그녀는 손수 준비한 음식이 담긴 죽함(竹函)을 서탁에 놓아두었다.

장합은 향긋한 음식 냄새가 코를 자극하자 입가에 엷은 미소를 만들었다. 그러고는 자리로 가서 그녀가 준비한 아침을 먹기 시작했다.

"문희, 그대도 함께 드십시다."

"저는 나중에 먹겠습니다. 어서 드세요."

문희로 불린 그 여인의 이름은 채염이었다.

그녀의 부친은 서예 기법인 영자팔법의 고안자로 알려진 채옹(蔡邕)이었다.

채염 그녀가 이곳 요동까지 오게 된 경위를 살펴보면 참으로 그녀의 인생이 기구하다는 것을 알 수 있었다.

원래의 역사대로라면 채염 그녀는 10대 중반의 나이에 위중도(衛仲道)란 사내와 혼인을 했다. 그러나 혼인을 하고 얼마 되지 않아 남편이 병사하였고, 어쩔 수 없이 부친에게로 돌아가게 되었다.

그녀의 부친 채옹은 당시(192년) 왕윤에게 동탁이 죽임을 당한 일을 두고 안타까워하였다. 이에 왕윤은 대노하였고, 주변의 만류에도 불구하고 끝내 채옹을 죽여 버리게 되었다.

부친의 죽음이 자신에게도 화가 미칠 것만 같아 두려워하였던 채염이었다. 그녀는 그 길로 장안을 떠나게 되었고, 당시 진류 태수인 조조에게 몸을 의탁하게 되었다.

그러던 중에 또다시 황건적 잔당들이 난을 일으켰고, 피신을 하게 되었다. 그때 그녀는 흉노에게 납치를 당하게 되었다.

하지만 흠차관 진수현 때문에 역사가 뒤틀렸고, 채염은 원래의 역사와 달리 흉노에게 납치를 당하지 않게 되었다.

채염은 젊은 나이에 홀로되어 떠돌이 신세로 전락을 하였지만, 그 빼어난 미모와 총명함은 사라지지 않았다.

그녀는 우연한 기회에 흠차관을 섬기는 여러 사람들을 보게 되었고, 그때 준수한 외모의 장합이 눈에 들어왔다.

그 후 그녀는 장합의 시녀로 들어갔는데, 시간이 지난 지금은 그의 부인이나 다름이 없을 정도로 서로의 관계가 발전한 상태였다.

장합은 채염이 한 번 혼인을 하였다는 과거를 알면서도 진심으로 그녀를 아껴주었고, 정식으로 혼인을 하지는 않았지만 자신의 아내로 생각하고 있었다.

그러기에 관사의 하인이나 시녀들 또한 채염을 성주 장합의 부인으로 여겼다.

장합이 식사를 마치고 등청 준비를 할 때였다.

"성주님! 급보이옵니다!"

갑자기 장합의 침소 밖에서 사내의 굵직한 음성이 들려왔다.

"들어오게."

그러자 문을 열고 안으로 들어오는 이가 보였는데 그는 바로 유엽이었다.

본래 유엽은 이번 전쟁에서 흠차관 진수현을 도와 양평성을 지키기로 하였다.

그러던 중에 태사자와 봉천총관부(奉天摠管府)의 부사(府史) 모용목연이 유주목 공손도의 보급로를 차단하는 것에 성공하게 되었다. 이에 흠차관은 유엽에게 안시성으로 가서 성주 장합을 돕도록 하였다.

그렇게 유엽은 안시성의 책사가 되었고, 뛰어난 능력을 발

휘하기에 이르렀다.

유엽은 성주의 침소에 채염이 있는 것을 보자 가볍게 목례를 하더니 보고를 했다.

"방금 전서구가 도착하였는데, 유주목 공손도가 일단의 기병을 이끌고 이곳으로 도주 중이라고 합니다."

"역시, 기무원장의 계획대로 진행이 되는 것인가?"

"그렇습니다. 이제 어떻게 하실 건지요?"

"자네 생각은 어떠한가?"

"전해온 보고에 의하면 공손도가 이끄는 기병은 많아야 기천이라고 합니다. 그러니 그자는 이곳 안시성을 무시하고 곧바로 해안가로 도주하려고 할 것입니다."

"그 말은 성을 나가서 적을 상대하자는 것인가?"

"그러하옵니다."

그러자 장합은 침소 한편에 마련되어 있는 가림막으로 향했다.

붉게 옻칠한 가림막에는 안시성 일대의 지형을 그린 지도가 걸려 있었다.

장합은 가죽으로 만들어진 그 지도를 잠시 바라보다가 입을 열었다.

"내 생각에는 공손도를 요격하기에는 이곳이 가장 적임지라고 보네만, 자네는 어떠한가?"

장합이 손으로 가리킨 곳은 안시성에서 동남쪽으로 8리 정도 떨어진 곳에 위치한 이름 없는 야산이었다.

지금이야 이름 없는 야산에 불과하지만, 훗날 고구려와 당나라의 전쟁 때 치열하게 싸운 격전지인 주필산(駐蹕山) 전투가 있었던 곳이었다.

안시성주(安市城主) 장합이 바로 그 주필산(駐蹕山)을 손가락으로 지목했다.

그러자 그의 곁에 있던 유엽이 살짝 고개를 끄덕거리더니 입을 열었다.

"성주님께서도 아시겠지만, 그 산은 그리 높지도 않고 산세가 험하지도 않습니다. 하나, 사방을 한눈에 내려다 볼 수 있다는 장점이 있는 곳입니다. 그러기에 적의 움직임을 일목요연하게 파악할 수 있습니다."

"나 역시 자네의 생각과 같네."

"그러니 그곳으로 미리 가서 선점을 하신다면 능히 공손도의 군을 막아낼 수 있을 것이옵니다."

"그럼 자네가 이곳의 방비를 책임져 주게. 나는 산으로 가서 적을 막아내겠네."

"알겠습니다."

유엽이 그처럼 답을 하더니 황급히 장합의 침소를 빠져나갔다.

장합은 안시성의 성주로 지내면서 자신에게 계획을 알려주었던 기무원장 가후를 떠올렸다. 그리고 이제 그의 계획대로 주필산으로 가서 공손도를 처단하면 되겠다 싶었다.

그때까지 묵묵히 두 사람의 대화를 지켜보았던 채염이 근심어린 표정으로 물었다.

"성주님, 괜찮겠는지요?"

"걱정할 것 없소이다. 도망치기에 급급한 적을 상대하는 것이니 이미 승패는 결정이 났다고 보아도 좋을 것이오."

"그래도 부디 몸 조심하세요."

채염이 애처로운 표정으로 장합을 바라보며 그처럼 말했다.

장합은 왜소한 체구의 그녀를 보자 다가가서 앙증맞은 작은 손을 붙잡아주었다.

"이제 전쟁도 막바지이니, 이번 전쟁이 끝나면 당신과 혼인을 하고 싶소. 내 청을 받아주시겠소?"

장합의 갑작스러운 청혼의 말에 아무런 말도 못하고 바라만 보는 그녀였다.

평소 채염은 자신의 처지로 장합과 혼인을 한다는 것은 언감생심(焉敢生心)이라고 여겨왔었다.

이미 한 번 혼인을 하였던 그녀인지라, 감히 혼인에 관한 것은 입 밖으로 꺼낼 수도 없었다.

물론 당연히 장합과 혼인을 하고 싶었지만, 자격지심 때문에 내색조차 하지 못했었던 그녀였다.

그런데 그런 말을 먼저 장합이 해오니 너무나 기뻐 자신도 모르게 눈물을 주르륵 흘렸다.

"혹시, 나와 혼인을 하는 것이 싫으시오?"

"아, 아니옵니다. 그저 고맙고, 감사할 따름이라……."

그러자 장합이 그녀를 살며시 품에 안아주며 위로의 말을 했다.

그의 품에 안긴 채염은 청혼을 받았다는 것에 기뻤다. 그러나 한편으로는 작년(192년)에 타계한 부친 채옹이 떠올라 하염없이 눈물을 흘리게 되었다.

다음날.

"서둘러라!"

달리는 말에 올라탄 채로 소리치는 유주목 공손도는 지금 정신없이 도망치는 중이었다.

비록 추격대는 보이지 않았지만 불안함을 떨칠 수가 없는 그였다. 이곳 요동은 흠차관의 통치 영역이었고, 언제 추격대가 나타날지 알 수가 없는 상황이었다.

그러기에 공손도 그는 지난 3일 동안이나 제대로 쉬지도 못하고 오로지 달리고 또 달려야만 했었다.

유주목 공손도는 겨우 기병 1천 남짓한 병력을 이끌고 요하(遼河) 하구에 위치한 영구현(營口縣)으로 도주하는 중이었다. 그곳에 도착하여 배를 이용해 근거지인 계(薊)로 탈출할 계획이었다.

그러나 공손도는 현재 유주의 주도 계의 상황을 전혀 파악하지 못한 상태였다.

현재 요동수군도독(遼東水軍都督) 감녕과 만총이 계를 점령한 상태라는 것을 몰랐다. 그리고 유주(幽州)의 여러 태수들과 현령들이 이미 감녕에게 항복을 하였다는 사실도 전혀 알지 못한 상태였다.

또한 공손도는 자신의 처자식이 오환의 답돈에게 죽임을 당했고, 딸 공손란과 손자가 그에게 납치를 당했다는 사실도 전혀 알지 못하고 있었다.

그런 사실도 모르고, 공손도 그는 계로 가면 자신이 심기일전하여 재기할 수 있을 것이라고 생각했다. 하지만 현재 공손도의 처지는 집도 절도 없고, 비루 먹는 거렁뱅이보다도 못한 처참한 몰골이었다.

한때는 황숙이자 장인 유우의 뒤를 이어받은 공손도였지만, 이제 그는 한낱 쫓기는 신세에 지나기 않았다.

두두둑!

두… 둑!

공손도는 마치 물에 빠진 생쥐처럼 초라한 몰골로 도망치고 있었다. 지난 며칠 동안 제대로 먹지도 못하고, 쉬지도 못했으니 당연한 모습이었다.

그러던 중에 갑자기 이상한 것이 보여 황급히 달리던 말고삐를 잡아챘다.

히이잉!

"멈춰라!"

유주목 공손도의 지시에 뒤따르던 책사 공손기와 천여 명의 병사들이 다급히 멈춰 섰다.

공손기는 무슨 일인가 싶어 물었다.

"주공, 왜 그러십니까?"

"저기를 보거라!"

공손도가 팔을 들어 가리켰고, 자연스럽게 시선을 따라가던 공손기의 눈에 놀라운 것이 보였다.

"저, 저건 성이 아닙니까!"

"언제 저기에 성이 생겼다는 것이냐!"

공손도의 다급한 물음에도 불구하고 책사 공손기는 아무런 대답을 할 수가 없었다.

비록 공손기가 대련(大連)의 현령으로 있었다지만, 자신이 현령으로 지내는 동안에 안시성(安市城)의 축조는 전혀 모르고 있었다.

더구나 자신의 후임으로 부임한 전주(田疇)가 육로를 이용하였다면, 공손기 그는 해로를 이용하였기에 그런 중대한 변화를 미처 파악하지를 못했었다.

그런 상황이다 보니 안시성을 처음 보는 것은 유주목 공손도와 매한가지였다.

"주공, 어떻게 합니까? 영구현으로 가려면 저곳을 지나쳐야만 합니다."

"길이라고는 외길뿐이니 최대한 빠르게 통과한다!"

"예! 주공!"

공손도의 지시가 떨어지자 그들은 다시 출발하였고, 최대한 성을 우회하여 해안가에 위치한 영구현으로 향하기로 했다. 그렇게 그들은 웅장한 자태를 뽐내는 안시성을 지나치면 해안가에 무사히 도착할 수 있을 것이라고 보았다.

한편, 장합은 안시성에서 그리 멀지 않은 곳에 위치한 주필산(駐蹕山)에 매복 중이었다.

주필산은 그다지 높지 않은 야산이었다.

하지만 지금은 한창 무더위가 기승을 부리는 한여름이었다. 그 덕분에 주필산 전체에 녹음(綠陰)이 우거졌다. 그러기에 안시성주(安市城主) 장합이 이끄는 별동대 5천이 은신하기에는 최적의 입지 조건을 갖추었다.

장합이 주필산에서 매복에 들어가고 대략 한 시진 이상이 흘렀을 때였다.

두두두!

두… 두!

저 멀리에서 바람에 실려오는 소리를 들은 장합이었다.

"드디어 왔구나!"

잠시 시간이 지나자, 마침내 유주목 공손도가 기병 1천을 이끌고 도주하고 있는 것을 발견한 장합이었다.

공손도가 얼마나 다급한지를 보여주는 듯 뿌연 흙먼지가 하늘 높이 치솟았다.

안시성의 성주 장합은 황급히 주변에 있는 부장에게 지시를 내렸다.

"모두 준비하라!"

"예! 성주님!"

성주의 지시에 하급 군관들이 길게 늘어서 있는 병사들 사이를 오가며 소리죽여 말했다.

"노를 장전하라! 어서 장전하라!"

하급 군관들이 그처럼 지시를 내리자, 병사들은 소지한 노를 들어 올렸다. 그러고는 능숙한 솜씨로 왼발로 발걸이를 밟더니, 시위를 잡아 당겨 작은 돌기 부분인 아(牙)에 걸어두었다. 그러더니 입에 물고 있던 화살을 몸체에 패인 전조(箭槽) 부분에 올려두었다.

또한 일정한 간격으로 배치되어 있는 궁수들도 시위에 화살을 걸어 다가올 전투에 대비하는 모습이었다.

두두두!

두…두!

그렇게 준비를 하는 동안, 유주목 공손도는 빠르게 다가왔다.

장합은 이미 지시를 내린 것이 있었지만 그럼에도 불안하여 주변을 둘러보았다.

그러자 5천의 별동대 병사들은 잔뜩 굳은 표정으로 장합의 공격 신호가 떨어지기만을 기다리며 숨죽인 채로 있었다.

바로 그때였다.

히이잉!

히이잉!

갑자기 말울음 소리가 요란스럽게 주필산 인근에 울려 퍼졌다.

그러자 황급히 고개를 돌려 정면을 바라보는 장합이었다. 그는 유주목 공손도를 비롯한 적 병사들을 태운 군마들이 날뛰는 것을 보게 되었다.

"모두 바닥을 자세히 살펴라!"

"주변을 경계하라! 매복이다!"

유주목 공손도와 책사 공손기는 길바닥에 깔려 있는 철질려(鐵蒺藜: 가시나무처럼 갈라진 형태의 마름쇠)에 발목이 잡히자 단번에 매복을 의심했다.

그런 것에 호응이라도 하려는 듯 갑자기 야산에서 벌떡 일어나 허리춤에 차고 있던 칼을 빼 들며 외치는 장합이었다.

"공격하라!"

성주 장합의 명령이 떨어짐과 동시에 병사들 사이에 있던 졸백(卒百: 병사들의 우두머리)들이 복명복창을 했다.

"발사!"

"발사!"

그러자 병사들이 일제히 활과 노를 쏘아대기 시작했다.

공손도의 병사들은 미처 대비를 할 틈도 없이 엄청난 수의 화살에 고스란히 노출이 되었다.

퍼벅!

퍼버벅!

마치 굵은 장대비가 쏟아지듯이 엄청난 양의 화살들이 공손도의 병사들을 향해 날아들었다.

철질려에 발목이 잡힌 공손도와 그의 병사들은 한순간에 너무나도 손쉬운 표적으로 전락해 버렸다.

탁!

탁!

날아오는 화살을 검으로 쳐내던 공손도가 다급히 외쳤다.

"전열을 정비하라! 모두 전열을 정비하라!"

목청이 터져라 소리치는 공손도였다.

그는 어떻게든 병사들을 통솔하여 이곳을 벗어나고 싶어서 그처럼 소리쳤다. 하지만 그의 병사들은 수습이 불가능할 정도로 엄청난 혼란에 빠지고 말았다.

"컥!"

"이보게!"

공손도는 갑자기 자신의 곁에 있던 책사 공손기가 날아온 화살에 가슴 부근을 맞고 쓰러지는 것을 보게 되었다. 날아온 화살의 위력이 얼마나 엄청난지 공손기의 가슴 부근에 맞은 화살은 끝부분만 간신히 보일 정도였다.

그도 그럴 것이 양홍(楊泓)이 저술한 중국고병기론총(中國古兵奇論叢)에 노(弩)에 대해 상세히 기술이 되어 있다. 양홍 그는 노의 최대사거리는 810m, 유효사거리를 360m라고 하였다. 또한 후한시대 때는 1~10석(石)으로 발사 강도를 세분화하였고, 6석(약 160kg) 정도가 일반적인 노의 강도라고 하였다.

그런데 장합이 준비한 노(弩)는 일반적인 노가 아니었다.

그의 병사들이 소지한 노는 시위를 걸기 위해 발을 사용했다. 그러니 지금 공손기의 가슴 부근에 맞은 노의 화살은 실로 엄청난 위력을 나타낸다고 봐야만 하였다.

"켁… 컥……."

그런 사실을 여실히 증명이라도 하는 듯, 책사 공손기는 바닥에 쓰러진 상태로 몇 번이나 거칠게 숨을 몰아쉬다가 끝내 전사하고 말았다.

"이럇!"

유주목 공손도는 그런 광경을 보게 되자 덜컥 겁이 났고, 반사적으로 말고삐를 잡아챘다.

그는 어떻게든 이곳을 벗어나려고 하였다.

그런 모습을 주필산에서 지켜보던 장합이 발견하더니 급히 주변을 두리번거렸다.

그러다가 때마침 노를 재장전한 병사가 보이자 다급하게 달려갔다. 그러고는 독수리가 먹이를 낚아채듯이 그 노(弩)를 빼앗았다.

그러고는 도망치는 공손도의 등을 향해 노를 겨누었다.

"후~ 우~"

장합은 길게 심호흡을 하더니, 천천히 현도(縣刀: 오늘날 총의 방아쇠 부분을 일컫는 말)를 잡아당겼다.

팅!

순간 노(弩)의 시위가 경쾌한 소리를 내면서 화살을 날려 보냈다.

마치 빛살처럼 빠르게 날아간 화살이었고, 황급히 도망치는 유주목 공손도의 등판에 그대로 명중이 되었다.

화살에 맞은 공손도는 달리던 말 위에서 그대로 떨어져 바닥을 뒹굴었다.

그러자 장합이 전장을 향해 크게 소리쳤다.

"공손도가 죽었다! 항복하라!"

안시성주 장합의 그런 외침은 공손도의 병사들에게 있어 청천벽력과도 같은 소리였다.

그러나 반대로 장합의 병사들에게는 가뭄 끝에 내리는 단비와도 같은 반가운 소식이었다.

제9장

연왕(燕王), 진수현!!

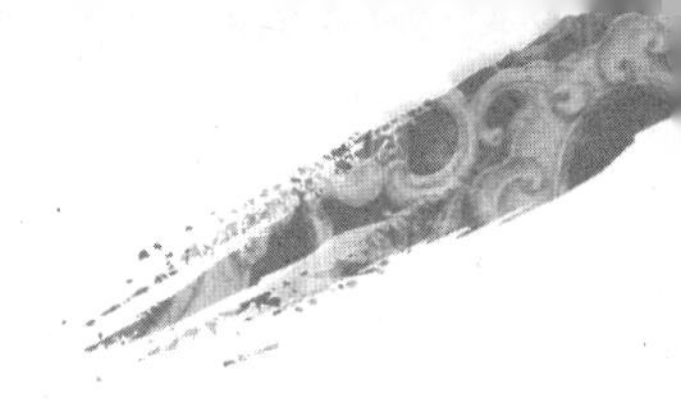

황망하게 쓰러진 채로 미동조차 없는 유주목 공손도였다.

공손도를 따르던 몇몇의 병사들은 그가 왜 저렇게 죽었는지를 눈으로 보았다. 전황이 불리해지니 자기만 살고자 도망치다가 화살에 맞은 것을 두 눈으로 똑똑히 보았던 병사들이었다.

"항복하라! 무기를 버려라!"

안시성주(安市城主) 장합의 지시가 떨어지자, 주필산(駐蹕山)에 매복하고 있었던 병사들이 그처럼 소리쳤다.

그런 소리를 들은 공손도의 병사들 중에 대다수가 아무런 미련이 없다는 듯이 손에 들고 있던 무기를 놓아버렸다.

툭!

투두!

무슨 일이든지 처음이 힘들지 한번 시작하면 군중심리가 작용이 되었다. 버티고 있던 공손도의 병사들은 여기저기서 항복을 하자 더는 망설이지 않았다.

잠시 후, 장합은 전장이 정리되자 손수 공손도가 낙마하였던 곳으로 향했다.

번쩍!

우르릉!

콰광!

갑자기 하늘에서 요란하게 천둥이 치자 가던 걸음을 멈추는 장합이었다. 하늘을 올려다보니 굵은 빗줄기라도 쏟아지려고 하는지 먹구름이 잔뜩 보였다.

아니나 다를까, 공손도의 시신이 있는 곳으로 향하던 중에 갑자기 소나기가 쏟아지기 시작하였다.

쏴아아!

쏴하아

장합이 비를 맞으며 유주목 공손도의 시신이 있는 곳에 도착하였다.

"쯧쯧……."

공손도는 얼마나 분하고, 원통한지 두 눈을 부릅뜬 채로 죽어 있었다.

한때 유주(幽州)를 장악하였고, 공손찬과 일전을 벌여 그 위용을 요동 일대에 떨쳤던 인물이었다.

그러나 순리를 거역하고, 무리한 후계 정책으로 인해 몰락의 길을 걷게 된 인물이기도 하였다.

공손도는 이렇게 이름 없는 요동의 벌판에서 가족들의 생사조차 알지 못하고 차디찬 주검이 되었다.

"자업자득인가… 시신을 정중히 거두어 주어라."

안시성주의 지시가 떨어지자 병사 몇이 공손도의 시신을 수습하기 시작하였다.

그런 모습을 지켜보던 장합은 이번 전쟁이 흠차관의 승리로 끝난 원인을 떠올렸다.

공손도가 무리하게 요동 정벌을 강행하여 민심을 잃었다고 생각하는 그였다.

반면에 흠차관 진수현은 철저하게 민심을 이용할 줄 알았기에 승리를 했다고 보았다. 흠차관이 다스리는 요동은 민(民), 관(官), 군(軍)이 일치단결하였고, 그를 보좌하는 많은 인물들이 맡은 임무에 충실하였기에 이런 승리를 거둘 수 있었다고 보았다.

몇 개월 후.

후한(後漢) 흥평(興平) 원년(194년).

흠차관 진수현과 유주목 공손도와의 전쟁이 끝난 지도 여러 달이 흘렀고, 종전 이후에 많은 일들이 있었다.

그러니까 시간을 되돌려 후한(後漢) 초평(初平) 4년 초겨울 무렵이었다.

일 년 중에 가장 풍성한 시기인 가을걷이가 한창인 요동(遼東).

이번 전쟁에서 가장 큰 공을 세운 이는 바로 안시성주(安市城主) 장합(張郃)이었다.

장합 그는 이번 전쟁의 원흉이라고 할 수 있는 유주목 공손도를 죽이는 혁혁한 전공을 세우게 되었다. 그는 전쟁이 끝나고 얼마 후 약속대로 채염과 혼인을 하게 되었다.

그리고 흠차관을 도왔던 군사(軍司) 유엽은 양평성으로 돌아가 사랑하는 연인 고은서와 혼례를 치르게 되었다.

그러는 와중에 가을걷이가 끝날 무렵, 흠차관 진수현은 백제국의 왕족인 부여설례와 혼례를 치르게 되었다.

수현은 자신의 첫째 부인 공손란이 죽은 것으로 보고를 받았고, 부여설례와 혼인을 함으로써 자연스럽게 그녀는 정실부인이 되었다. 이미 두 사람 사이에는 젖먹이 아들 진겸이 있었기에 당연하게 생각하는 분위기였다.

그렇게 부여설례와 성대한 혼례를 치른 수현이었다.

사람들은 죽은 첫째 부인 공손란을 대신하여 부여설례가 그 자리를 차지했다고 생각하였다. 그러나 그것은 어디까지나 공손란이 죽었다는 소문을 접한 이들의 생각일 뿐이었다.

일의 자세한 내막을 알고 있는 인물은 오로지 기무원장(機務園長) 가후를 비롯하여, 오환의 답돈과 그의 숙부인 구력거가 전부였다. 그러니 그 셋이 함구한다면 공손란의 일은 영원한 비밀로 감춰지게 될 일이었다.

그런 내막도 모르고, 흠차관은 여러 사람들의 축하를 받으며 부여설례와 신혼살림을 차리게 되었다.

부여설례는 빠르게 흠차관의 정실부인으로 자리를 잡게 되었고, 둘째 부인 마운록 또한 그녀를 성심으로 섬겼다.

그렇게 흠차관은 부여설례 덕분에 장남 진서하를 잃었다는 충격에서 벗어날 수 있었고, 대내외적으로 확고하게 자리를 잡게 되었다.

그러던 어느 날이었다.

겨울 해는 날이 갈수록 점점 짧아져 갔고, 기무원장 가후는 일과를 마치기 위해 주변을 정리했다.

"원장님, 계십니까?"

"병판이 무슨 일로?"

기무원장 가후는 자신의 집무실을 찾아온 이가 병조판서(兵

曹判書) 조운이라는 것을 알고서는 자리에서 일어서며 말했다.

"들어오시게."

가후의 허락이 떨어지자 집무실의 문이 열리더니 자색(紫色)의 관복을 차려입은 조운이 들어선다.

"어서 오시게."

"이렇게 불쑥 찾아뵌 것이 결례가 아닌지 모르겠습니다."

"허허허, 그 사람 별소릴 다하는군. 어서 앉으시게."

기무원장 가후는 환하게 웃어 보이면서 조운에게 자리를 권했다.

두 사람은 한동안 소소한 얘기를 나누었고, 마침내 가후를 찾아온 목적을 밝히는 조운이었다.

"제가 이렇게 원장님을 찾아뵌 것은 긴히 드릴 말씀이 있어서입니다."

"나도 어느 정도는 짐작을 하였네. 그래, 내게 하고픈 말이 뭔가?"

"아시겠지만 전쟁이 끝난 지도 상당한 시간이 흘렀습니다. 지난 전쟁에서 공이 있었던 자들은 이미 공신으로 책록이 되었지 않습니까?"

그러자 가후는 말없이 고개를 끄덕이는 것으로 조운의 말에 수긍을 하였다.

지난 유주목 공손도와의 전쟁이 끝나자 전공이 있었던 자들의 논공행상(論功行賞)이 있었다.

참고로 기무원장 가후, 태사자, 조운, 답돈, 장합, 감녕 등이 1등 공신으로 책록이 되었다.

그리고 유엽, 만총, 엄강, 관해 등이 2등 공신으로 책록이 되었다.

마지막으로 주창, 배원소, 공도, 방덕, 최거업, 부간, 허저 등이 3등 공신으로 책록이 되었다.

흠차관 진수현은 그들의 전공을 정난공신록(靖難功臣錄)에 기록으로 남기게 하였고, 성대한 포상과 함께 훈호(勳號: 훈공이 있는 사람에게 부여하는 칭호)를 내렸다.

가후는 새삼스럽게 지난 공신책록에 관한 것을 조운이 꺼내자 궁금하여 물었다.

"이보게, 병판. 혹여 지난번에 있었던 공신책록에 불만이 있는 사람이라도 있는 것인가?"

"그런 것은 아닙니다. 다만, 제가 걱정하는 것은 우리 모두는 크거나 작게나마 상을 받았습니다. 한데, 정작 중요한 사람은 아무런 공적도 인정을 받지 못하였습니다."

"정말인가! 내 각하와 함께 심사숙고하여 결정한 것인데, 대체 누가 공신책록에서 누락이 되었다는 것인가?"

가후는 그런 말을 들으니 행여나 자신이 빼트린 사람이 있는가 싶었다. 하지만 아무리 생각을 해보아도 떠오르는 이는 없었다.

"각하께서는 아무런 보상도 받지를 못하였습니다."

"그, 그거야……."

흠차관 진수현에 관한 얘기가 나오자 가후는 답답하기만 하였다.

마음 같아서는 자신도 흠차관을 공신으로 책록하고 싶었다.

하지만 엄연히 따지고 보면 흠차관은 이미 요동 일대를 장악한 제후나 다름이 없었다.

아니, 이제는 유주목이 죽고 없으니 자연스럽게 흠차관의 통치 영역은 유주까지라고 보아야 했다.

거기에다 자신의 형인 가채(賈綵)가 자사(刺史)로 있는 청주(青州)가 있었고, 서서(徐庶)가 자사로 있는 예주(豫州) 또한 흠차관의 통치 영역으로 보아야만 하였다.

이렇듯 이제 흠차관의 통치 영역은 일국의 왕국과 비견될 정도로 드넓었다.

상황이 이러다 보니 가후는 차마 흠차관을 공신으로 책록을 할 수가 없는 상황이었다.

"각하께서는 이미 제후이시네, 그런 분에게 논공행상을 따지는 것은 아무래도 어색하지 않겠는가?"

"그래서 이렇게 원장님을 찾아뵌 것입니다."

"그 말은, 병판에게 좋은 방안이 있다는 뜻으로 들리네만?"

"실은 지금부터 제가 하는 얘기는 제 내자의 뜻입니다."

"공주전하의 뜻이라고?"

"그러하옵니다. 그러니까……."

며칠 전, 조운은 아내인 내황공주와 심각하게 무언가를 의논하였다.

그것은 바로 흠차관 진수현에 관한 것이었고, 앞으로 후한(後漢)의 정세를 요동치게 만들 정도로 엄청난 내용이었다.

그날 내황공주는 한 가지 중대한 의견을 조운에게 말하였다.

그것은 바로 흠차관 진수현을 왕위에 오르도록 하자는 것이었다.

내황공주는 그렇게 말하면서 수현의 현재 신분이 천자를 대신하는 흠차관이라고 말했다.

그러면서 이미 그가 장악한 지역이 능히 개국을 선포하여도 무방할 정도로 광활한 영토라고 말했다. 내황공주는 그러니 전쟁이 끝난 지금이야말로 흠차관을 왕위에 오르도록 추대하는 데 가장 적기라고 판단하였다.

이유야 어찌되었던 내황공주는 후한의 법통을 계승한 공주이다. 그럼에도 불구하고 스스로 그런 제안을 하는 것에는 나름의 이유가 있었다.

지금의 황제인 헌제(獻帝)가 등극을 한 지도 어느덧 6년이라는 시간이 흘렀다.

내황공주는 비록 헌제가 이제 10대 중반의 어린 나이라지만, 지난 6년의 시간 동안 황제로 지냈다면 작은 변화라도 있어야 한다고 생각했다.

하지만 긍정적인 변화는 고사하고, 실상은 암울하기만 하였다. 동탁이 죽고, 이제는 그의 수하들인 곽사와 이각, 번조 등이 황제를 끼고 국정을 농단하니 한숨만 나오는 내황공주였다.

그러기에 그녀는 이런 혼란스러운 정국을 해결할 사람으로 흠차관 진수현을 선택하기에 이르렀다.

조운에게서 그런 내막을 듣게 된 가후는 내심 놀라는 중이었다.

"공주전하께서 그리 말씀을 하셨다니 참으로 놀라울 따름이네. 전하께서는 이 나라의 미래가 없다고 보시는 것만 같네."

"저 역시 그리 생각합니다."

"자네도 알겠지만, 이 나라는 이미 통치력을 상실하였다네. 전하의 그런 뜻은 어쩌면 흠차관 각하께서 언젠가 칭제건원을 선포하실 수도 있다는 것을 염두에 두고 하시는 말씀이 아니겠는가?"

"아시겠지만 따지고 보면 제 내자와 천자는 배다른 남매가 아닙니까. 설령 지금의 천자를 어찌해서 구한다하더라도, 역적 동탁이 강제로 옹립하였다는 사실은 변함이 없지요. 그러니 그런 말을 제게 할 수 있었던 것입니다."

그러자 가후는 굳은 표정으로 변해갔다.

한고조(漢高祖)가 창업한 것이 이렇게 끝이 난다고 생각을 하니 착잡하고, 씁쓸하기만 하였다.

잠시 그런 생각을 하던 가후가 입을 열어 물었다.

"혹여 공주전하께서 별도로 당부하신 말씀이 있는가?"

"앞으로 각하께서 기반으로 삼으실 곳은 유주의 계라고 말씀을 하셨습니다. 그리고 계는 오래전에 존재하였던 연나라의 수도라고 하시더군요. 그런 상징성을 각하께서 이어야 한다고 하시면서, 각하께서 연왕으로 즉위를 하셔야 한다고 하였습니다."

"연왕이라……."

가후는 그런 말에 깊은 생각에 잠겨 들어갔다.

언젠가 흠차관이 개국을 하고, 칭제건원(稱帝建元)을 선포할 것이라고 여기는 그였다.

하지만 지금은 자연스럽게 연왕(燕王)의 위에 올라 혼란스러운 유주 일대를 다잡고, 확고하게 통치해야 한다고 보았다.

그런 상황에서 대륙의 북방에서 활약을 하였고, 전국칠웅(戰

國七雄) 중의 하나였던 연(燕)나라의 뒤를 잇는다면 그다지 반발할 세력은 없을 것 같았다.

나름 그렇게 생각을 정리한 가후였다.

그러자 자신에게 이런 의견을 제시한 조운에게 고마운 생각마저 들었다. 아니, 솔직히 말한다면 조운의 부인이 되는 내황공주에게 진심으로 고마웠다.

누가 무어라하든, 이유가 어찌되었던 내황공주는 후한(後漢)의 공주였다.

그런 그녀의 입장에서 결코 쉽지 않은 결정이라는 것을 잘 아는 가후였다. 그런 이유로 가후의 얼굴은 더없이 온화하게 변해갔다.

"알겠네. 자네의 뜻에 따르도록 하겠네."

"감사합니다. 원장님."

"아니네, 오히려 선뜻 이런 결정을 해주신 공주전하께 감사할 따름이네. 전하께 이런 내 마음을 전해주시겠는가?"

"여부가 있겠습니까."

"그럼 내일 자네는 나와 함께 각하를 뵙고 주청 드리도록 하세."

"예, 그리하겠습니다."

가후는 이미 후한의 통치력은 상실되었다고 보았다. 그러기에 흠차관을 만나기 전에는 역적이나 다름이 없는 곽사와 이각을 도와주었다.

그런 그에게 있어 내황공주의 결정은 크나큰 정치적 부담을 덜어준 것이나 다름이 없었다.

그렇게 결정이 나자 두 사람은 이런저런 소소한 얘기를 나누다가 헤어졌다.

다음날.

흠차관 진수현은 기무원장 가후, 대사도 손소를 비롯한 여러 판서들로부터 왕위에 오르라는 청을 듣게 되었다.

그런 말에 수현은 극구 사양하였고, 그렇게 시간이 흐르다 보니 어느새 해를 넘겨 새해를 맞이하게 되었다.

몇 개월 후.

후한(後漢) 흥평(興平) 원년(194년), 음력 3월.

유주(幽州)의 주도 계(薊).

흠차관 진수현은 작년에 백제 왕족 출신의 부여설례와 성대한 혼례식을 거행하였다. 그러다가 새해가 지나고, 3월이 되자 수현은 여러 신료들의 주청을 받아들여 연왕(燕王)에 즉위하게 되었다.

자사부(刺史府)로 사용되는 관청은 실상 오래전에 사라졌던 연나라의 왕궁이 있었넌 사리었다.

엄청난 면적을 자랑하던 자사부가 이제는 왕궁으로 변모하게 되었고, 연왕 진수현이 정무를 보는 공간으로 탈바꿈하기에 이르렀다.

화려한 즉위식을 통해 왕위에 오른 수현이었고, 그가 즉위하자마자 가장 먼저 시행한 것은 행정구역의 개편이었다.

기존의 유주와 요동, 청주, 예주 지역은 이제 연나라의 영토로 편입이 되었고, 계를 격상하여 북경(北京)으로 개명하였다.

그렇게 행정구역의 개편이 끝나자, 연왕 진수현은 기주목(冀州牧) 원소와 우호 관계를 다지게 되었다.

기주목 원소는 그러지 않아도 공손찬과의 기나긴 전투가 결착이 나지 않은 상태인지라 굳이 적을 만들 이유가 없었다. 그러기에 원소는 수현이 연왕으로 등극하는 즉위식에 참석하기도 하였다.

그러던 그해 3월의 어느 날이었다.

연왕 진수현이 신료들과 정무를 보는 곳인 대전(大殿)의 문이 갑자기 열렸다.

그 자리에 참석하였던 기무원장 가후는 안으로 들어서는 관원을 보며 물었다.

"무슨 일이냐?"

"급보이옵니다!"

"이리 가져오너라."

그러자 기무원 소속의 그 관원이 보고 내용이 기록되어 있는 죽간을 가지고 가후에게로 향했다.

자색 관복 차림의 가후는 그것을 받아 읽더니, 국왕의 지근거리에 있는 중상시령(中常侍令) 이평에게 전해주었다.

이평은 오랜 세월 동안 수현을 지근거리에서 섬겼다.

그러다 수현이 연왕에 등극하자 이평에게 특혜가 주어졌다.

그가 환관이 아님에도 불구하고, 이평은 환관들의 수장인 중상시령(中常侍令)에 임명이 되는 파격적인 인사가 있었다.

연왕 진수현은 이평이 전해준 보고문을 읽어가는 동안 점점 표정이 굳어져 갔다.

"이급 이상의 기밀 취급 인가를 받은 자들만 남고, 나머지는 모두 대전을 나가라!"

연왕의 지시가 떨어지자 대전에 있던 신료들 중에 절반 정도가 빠져나갔다.

잠시 기다리던 연왕이 가후를 보며 입을 열었다.

"기무원장은 모두가 알 수 있게 보고문의 내용을 전하게."

"예, 대왕전하."

연왕의 지시를 받은 기무원장 가후는 보고문의 내용을 천천히 낭독하기 시작했다.

그 보고문의 내용은 이랬다.

그러니까 작년(193년), 흠차관과 유주목 공손도와 전쟁이 한창일 때의 일이었다.

당시 연주목(兗州牧) 조조는 2차 황건적의 난을 평정하게 되었다.

조조는 이때 연주 일대를 침략하였던 황건적과 담판을 보게 되었다. 그들에게 종교의 자유를 인정하고, 살아갈 집과 토지까지 제공하겠다고 약속을 했다.

이에 태산(泰山)에 근거지를 두고 있었던 황건적들은 조조를 따르게 되었다.

조조는 협상의 결과로 황건적이었던 주민 백만 호(戶), 병사 30만을 흡수했다. 이때 조조가 거두어들인 30만 병사들이 훗날 그 유명한 청주병이었다.

그렇게 일거에 엄청난 수의 황건적을 자신의 백성으로 받아들인 조조였다. 그러다 보니 반동탁 연합의 맹주였던 원소에 대항할 수 있는 기반이 만들어지게 되었다.

조조는 당시 혼란을 피해 서주(徐州)의 낭야(하비)에 피신했던 부친을 모셔오기로 결정을 내렸다. 조조의 부친인 조숭은 아들의 부름에 기꺼워하며 길을 떠나게 되었다.

그런데 무슨 운명의 장난인지, 서주자사 도겸(陶謙)이 통치하는 지역을 지날 때였다.

도겸은 다른 이도 아니고, 자신이 통치하는 서주 옆에 위치한 연주목 조조가 당연히 신경이 쓰일 수밖에 없었다. 그에 그는 조조에게 잘 보이기 위해 자신의 별장인 장개로 하여금 조숭을 호위토록 했다.

그러나 유유상종(類類相從)이라고 하였다.

193년 당시에 도겸은 궐선(闕宣)이란 자와 상당한 친분이 있었다.

궐선은 서주자사인 도겸과 결탁하여 세력을 규합하였고, 스스로 천자가 되려고 하였다. 그러나 도겸에게 배신을 당해 살해당하게 되었다. 그런 후에 도겸은 궐선의 병사들을 흡수하게 되었다.

이때 도겸의 별장(別莊) 중에 황건적 출신의 장개(張闓)란 자가 있었다.

도겸은 어이없게도 출신 성분이 불손한 그 장개로 하여금 조조의 부친인 조숭의 호위를 맡기는 엄청난 실수를 범하고 말았다.

장개는 조숭과 그의 가족들을 호위하며 조조가 있는 연주로 향하는 중이었다.

그러던 중에 장개는 조숭이 가진 재물에 욕심이 생겼고, 조숭과 그의 가족을 죽이고 금품을 빼앗아 회남(淮南)으로 달아났다.

시간이 지나, 이런 소식을 접한 조조는 대노하게 되었다.

조조는 부친을 죽인 장개는 물론이고, 그의 상관인 도겸마저도 용서할 수가 없었다. 그러기에 조조는 깃발에 보수설한(報讐

雪恨: 원수를 갚고 한을 씻는다)이라는 글귀를 쓰게 하였고, 무자비하게 서주를 침략하기에 이르렀다.

기무원장 가후의 길고도 길었던 보고가 끝났다.

그런데 그의 보고 내용에 대전(大殿) 안에 있던 신료들의 표정이 잔뜩 굳어 있었다.

그것은 이제 연왕(燕王)으로 등극한 수현 또한 신료들과 별반 다름이 없었다.

"대왕전하, 연주목 조조가 봄이 되고 날이 풀리자 또다시 지난해 있었던 그 끔찍한 대학살을 다시 자행하려고 하나이다. 조조가 부친을 잃은 슬픔이야 이해는 하지만, 죄 없는 서주의 백성들에게 분풀이를 하는 것입니다."

수현이 왕위에 오른 후에 단행한 행정개편으로 대사도였던 손소는 승상(丞相)이 되었다.

그의 말을 들은 연왕 진수현도 같은 생각인지라 굳은 표정으로 입을 열었다.

"작년에 조조가 서주에서 자행한 대학살로 인해 무려 십만이 넘는 죄 없는 백성들이 죽임을 당했다고 한다. 그런데 날이 풀리자 조조는 또다시……."

연왕은 그러면서 조조가 지난해 서주에서 벌인 대학살로 인해 사수(泗水)가 흐름을 잃을 정도라고 말했다.

자리에 참석하였던 신료들은 조조가 얼마나 많은 사람을 죽이고, 그 사체를 사수에 버렸으면 강이 흐를 수가 없을 정도일까 싶어 몸서리 칠 정도였다.

"대왕전하."

"병조판서는 하고픈 말이 있는가?"

"예로부터 위정자는 백성들에게 본을 보이고, 솔선수범하여야 한다고 하였나이다. 한데, 조조는 사사로운 복수심에 사로잡혀……."

연왕은 자신과 의동생지간인 조운이 하는 말을 경청했다.

조운은 부모를 잃은 조조의 마음은 이해가 되지만 너무나 잔인하다고 말했다.

그런 말에 수현은 자신도 내심 조운과 같은 생각을 하였다.

조조는 작년과 올해 단행한 두 차례의 서주 침공으로 인해 득보다는 실이 너무나 컸다.

만약 조조가 사건의 당사자인 장개와 도겸만 처리를 했다면, 무형의 자산인 인망(人望)을 얻을 수 있었을 것이었다.

하지만 결과적으로 이때의 무자비한 조조의 모습은 많은 사람들을 공포에 빠지게 만들었다. 결국 이 사건으로 인해 제갈량을 비롯하여 많은 식자들이 조조의 통치 지역 밖으로 피난하게 만드는 결과를 야기하고 말았다.

또한 조조라는 인물의 잔혹성 때문에 향후 그가 아무리 좋은 정책을 펼치려하여도 쉽게 믿는 백성들이 없었다. 그만큼 서주 대학살은 조조의 잔혹한 성격을 여실히 보여준 일대 사건이었다.

조운이 그렇게 자신의 의견을 피력하자, 대전의 분위기는 더욱 무겁게 가라앉았다.

"기무원장."

"예, 대왕전하."

"이유야 어찌 되었던 조조가 다시 군을 일으켜 서주를 침공한다고 하네. 그러니 아군 또한 그에 대비를 해야 하지 않겠는가?"

"당연하옵니다. 먼저 현재 서주에 인접한 청주를 다스리는……."

원래 청주 지역을 다스리던 자사는 가후의 형인 가채였다.

그러던 중에 연왕이 행정개편을 단행하면서 가채는 현재 양평성의 성주로 임명이 되었다.

기무원장 가후는 현재 청주 지역을 통치하는 연왕부수군도독(燕王部水軍都督) 감녕에게 경계를 더욱 강화할 것을 지시하겠다고 말했다.

감녕은 수현이 연왕에 등극하자 자연스럽게 요동수군도독에서 연왕부수군도독과, 1품 대장군으로 승급하게 되었다.

"또한 조조가 함부로 준동하지 못하도록 해야 할 것이옵

니다."

기무원장이 그처럼 말하자 모두의 눈빛이 초롱초롱하게 변했다.

지금까지 가후의 계책은 실패한 적이 없었고, 그가 내놓는 계책은 신묘(神妙)하기까지 하였다. 그러니 가후의 그런 말에 모두의 시선이 쏠리는 것은 당연한 반응이었다.

"좋은 계책이라도 있는 것인가?"

"워낙에 중대한 사안인지라, 먼저 대왕전하께 독대를 청하옵니다."

"그리하게, 오늘 어전회의는 이것으로 파한다."

연왕 진수현의 선언이 떨어지자, 서탁 앞에 앉아 있던 신료들이 분분히 자리에서 일어나더니 대전을 빠져나갔다.

"기무원장은 과인을 따라오게."

"예, 대왕전하."

연왕이 옥좌에서 일어서 대전을 빠져나갔다.

그러자 경호대장 허저와 중상시령 이평이 호종하였다.

기무원장 가후는 반각을 걷지도 않아 연왕이 집무실 겸 휴식처로 사용하는 편전(便殿)에 도착하게 되었다.

연왕 진수현과 가후는 편전으로 들었고, 궁녀들이 차를 준비하는 것을 말없이 지켜보았다.

궁녀들이 각자의 서탁에 향긋한 차를 두고 물러났고, 몇 모금 마시다가 묻는 연왕이었다.

"계획을 말해보게."

그러자 가후는 마시던 찻잔을 서탁에 내려두면서 입을 열었다.

"조조를 상대하려면 반객위주의 계책이 적당하다고 여겨지옵니다."

"반객위주? 자세히 말해보게."

"지금 조조는 근거지인 연주를 비워두고 서주로 향하고 있습니다. 그러자 도겸은 유비에게 도움을 청했고, 현재 유비는 하비 인근에 있는 소패에 주둔하여 조조를 상대하려고 합니다."

"유비라… 운이 좋으면 유비가 서주를 수중에 넣을 수도 있겠군."

"예? 그게 무슨 말씀이신지요?"

뜬금없는 연왕 진수현의 말에 영문을 모르겠다는 표정으로 반문하는 가후였다.

제10장

여포의 화려한 재기

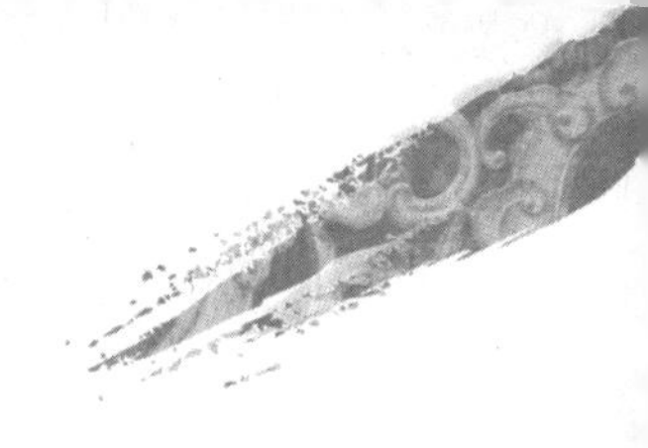

연왕(燕王) 진수현은 어떻게 해서 유비가 서주(徐州)를 차지하는지를 알고 있었다.

그러나 그런 사실을 굳이 밝힐 필요성을 느끼지 못했다. 그것은 조조가 그러한 것처럼, 유비 또한 삼국시대의 한 축을 담당하기 때문이었다.

연왕은 향후 자신이 후한과 삼국시대를 주도해 가기 위해선 위(魏)나라를 건국하는 조조, 훗날 촉(蜀)을 건국하는 유비, 그리고 삼국의 하나인 오(吳)를 건국하는 손권이 건재해야만 한다고 여겼다.

'지금은 공손찬을 처리하고, 나아가 기주의 원소마저 처리해야 할 때다. 물론 그 후의 일은 상황에 따라 얼마든지 변하겠지…….'

그렇게 생각을 정리하더니, 가후가 말한 반객위주(反客爲主)의 계책을 곰곰이 생각해 보았다.

수현은 가후의 계책이 제대로 실현이 되려면 연주목(兗州牧) 조조를 대신할 수 있는 자가 필요하다고 여겼다.

한편, 그런 연왕을 바라보던 가후는 불현듯 뇌리를 스치고 지나가는 것이 있었다.

언젠가 연왕이 미래를 예측하는 능력이 있다는 말을 들은 것이 기억이 났다. 그러자 그는 지금 골몰히 생각에 잠겨 있는 연왕의 모습이 마치 무언가를 대비하기 위한 행동으로 보였다.

하지만 감히 신하된 입장인지라 물어볼 수가 없어 그저 모른척 지켜보기로 했다.

시간이 흐르고, 생각에 잠겨 있었던 연왕의 얼굴에 뜻 모를 미소가 생겨났다.

"대왕전하, 혹여 좋은 계책이라도 있으신지요?"

가후의 물음에 답은 하지 않고 연왕은 죽편에 무언가를 써내려갔다.

그리고는 그 죽편을 보며 물었다.

"마땅한 기반조차 없는 유비가 과연 조조를 상대할 수 있겠는가?"

"당연히 그의 힘만으로는 불가능합니다. 하나, 지금은 서주자사 도겸의 지원을 받고 있습니다. 그러니 제아무리 조조라 하여도 쉽지 않을 것입니다."

그러자 연왕 진수현은 말없이 살짝 고개만 끄덕거렸다.

"그리고 조조는 황건적 출신의 병사들을 받아들였습니다. 정확한 것인지는 모르지만 그 수가 무려 삼십 만에 달한다고 합니다."

"하하하… 삼십 만이라니! 가당치도 않아!"

"저 역시 과장되었다고 여겨집니다."

"자네가 말한 계책에 부합되는 인물을 선택해 보았네, 그러니 자네도 의중을 말해보게."

"제가 염두에 둔 인물은 여포입니다."

그러자 연왕이 서탁에 두었던 죽편을 들어 그에게 보여준다.

그 죽편에는 가후의 생각과 일치하는 인물의 이름이 적혀 있었다.

이때 연왕은 조조가 거두어들인 청주병의 수를 많아야 10만 내외로 보았다.

그가 그렇게 추측을 하는 것은 나름의 근거가 있기 때문이었다.

수현은 연왕에 즉위한 후로 대대적인 병제 개편을 단행하였다.

그는 먼저 원소가 통치하고 있는 기주(冀州)와 경계를 이루고 있는 탁군(涿郡)의 주현(莒縣)과 방성현(方城縣)에 각각 10만의 병력을 주둔하게 하였다.

그리고 어양군(漁陽郡) 옹노현(擁奴縣)에도 10만의 병력을 주둔케하여 연나라의 수도 북경(北京)을 방비토록 하였다.

또한 연왕은 자신의 근거지나 다름이 없는 요동 일대에도 10만의 군을 상주하게 하였다.

그리고 마지막으로 감녕이 통솔하는 수군을 확충하여 5만의 병력을 유지할 수 있게끔 하였다.

이렇게 연왕 진수현이 단기간에 무려 45만이라는 대병력을 갖추게 된 것에는 죽은 유주목 공손도를 비롯하여, 답돈의 오환과 이제는 은퇴한 선비족 대족장 막호발의 도움 덕분이었다.

연왕 진수현은 공손도의 병사들을 흡수하였고, 오환과 선비족의 병력으로 거의 30만에 달하는 대병력을 꾸릴 수 있었다.

거기에 서서가 자사로 있는 예주(豫州)에 주둔하고 있는 병력까지 합치면 무려 50만이 넘는 엄청난 규모였다.

물론 그런 병력을 유지하기 위해서는 엄청난 군비가 소모되는 것은 자명한 일이었다.

그런 사실을 누구보다도 잘 아는 연왕이었고, 그러다 보니 조조가 청주병 30만을 얻었다는 것이 도무지 믿기지 않았다.

연왕이 그처럼 판단하는 근거는 조조의 기반인 연주(兗州)에 속한 군(郡)이 고작 8개이고, 그 군에 속한 현(縣)이 80개이지만, 그래봐야 일개 주(州)에 불과하다고 여긴 수현이었다.

반면에 요동은 물론이고, 유주와 청주, 예주까지 자신의 통치 영역으로 삼은 수현조차도 50만의 대병력을 유지하는 것이 벅찰 정도였다.

그런데 겨우 일개 주(州)를 통치하는 조조가 무려 30만의 대병력을 유지한다는 것은 불가능한 일이라고 여겨졌다. 만일 실제로 조조의 병사들이 수십만이었다면, 관도전투에서 원소를 상대로 그토록 고전할 이유가 없었다.

기무원장 가후 또한 그런 사정을 알기에 조조의 병력이 많아야 10만 내외라고 보았다.

"이번에 조조가 서주를 공략하기 위해 대부분의 병력을 동원하였다고 하옵니다."

"그럴 것이네."

"그렇다면 아무래도 근거지인 연주의 수비가 불안할 것이옵니다. 저희는 바로 그 점을 이용하여 조조가 쉽게 움직이지 못하도록 하여야만 하옵니다."

"여포로 하여금 조조를 대신해 연주를 통치하게 만들자는 계획인 것 같은데? 좋은 방안이 있는가?"

"여포는 아시다시피 욕심이 많은 위인입니다. 그 점을 이용한다면 그는 조조의 연주를 차지할 것입니다. 그리된다면 조조와 여포는 견원지간이 되는 것이지요."

연왕은 가후의 입에서 여포가 거론되자 입가에 회심의 미소가 생겨났다.

여포는 양부인 동탁을 죽였지만, 그의 수하들인 곽사, 이각, 번조와 가후 등의 반격을 받아 장안을 버리고 도망칠 수밖에 없었다.

장안에서 도망친 여포는 사랑하는 연인 초선을 비롯한 장료, 장패, 학맹, 조성, 고순, 위속, 송헌, 후성과 함께 방랑 생활을 하게 되었다.

이때 그를 따랐던 무장들을 두고 여포의 팔무장이라고 칭하였다.

장안을 떠난 여포는 한때 원술에게 의탁을 했지만, 안하무인으로 나오는 여포와 그의 병사들로 인해 원술의 근심이 깊어졌다.

이에 원술을 떠난 여포는 193년 기주목 원소에게 신세를 지게 되었다.

여포는 원소를 도와 기주(冀州)의 상산국(常山國)에서 흑산적 장연과 싸웠다.

장연의 정병은 수만 명에, 기병 또한 수천 명이 있었음에도 불구하고 여포의 상대가 되지 않았다. 그렇게 장연을 물리친 여포였다.

여포는 그 후 공을 세웠답시고 방자하게 굴었고, 부하들은 흉포하게 노략질을 벌이니 원소가 우환거리로 여겼다.

이에 불안함을 느낀 여포는 야반도주를 하였고, 원소가 뒤늦게 보낸 추격병들은 여포의 무위가 두려워 감히 그를 상대할 수가 없었다.

기무원장에게서 그런 얘기를 들은 연왕이 피식 웃고 말았다.

"흥! 여포가 다른 사람을 배려한다면, 내일 해는 서쪽에서 뜰 것이네."

"그래도 그자의 무용은 대단하지 않습니까? 그러니 그자를 잘만 이용한다면 충분히 조조를 견제할 수 있을 것이옵니다. 그러는 동안 아군은 역경에서 버티고 있는 공손찬을 정리하여야 하옵니다."

"그럼 누군가를 여포에게 사신으로 보내야만 하는데, 누가 적임이겠는가?"

"정사로는 만총을, 부사는 부간이 적당할 듯싶습니다. 그리고 사신단의 경호는 방덕이 적임이라고 여겨지옵니다."

"만총과 부간, 방덕이라……."

연왕 진수현은 그들이 지난 유주목과의 전쟁에서 상대적으로 전공이 적었다고 생각했다. 그러니 이번 기회에 공을 세우는 것도 나쁘지 않을 것이란 생각이 들었다.

"알았네, 자네의 계획대로 진행하는 것으로 하지."

"예, 그럼 그리 알고 준비를 하겠습니다."

그렇게 결정이 나자 기무원장은 편전(便殿)을 나가 곧바로 병조판서 조운을 찾아갔다.

조운을 만난 가후는 연왕의 뜻을 전하였고, 이에 후한(後漢)시대 태위(太尉: 오늘날의 국방장관)와 동급인 병조판서 조운은 전군에 경계를 강화하라는 지시를 하달하게 되었다.

이런 조운의 조치로 인해 북경(北京)의 서남 방면을 수비하는 관문에서 대대적으로 병력이 움직였다.

병조판서 조운의 지시를 받자, 태행산맥(太行山脈)의 지류에 속하는 거용산(居庸山) 인근에 위치한 주현(莒縣)의 수비대장 답돈이 움직였다. 그는 자신의 부족민으로 구성된 부대를 통솔하는 대장군으로 승급하였고, 경계에 만전을 기하라는 지시를 내리게 되었다.

참고로 답돈은 지난 공손도와의 전쟁 중에 계를 점령한 공을 인정받았고, 지금은 휘하에 10만의 병력을 통솔하는 연(燕)나라의 남부 지역 사령관이 되었다.

그리고 북경의 중부 지역을 방비하는 책임자는 장합이었다.

장합은 지난 전쟁 때 가장 큰 공을 세우게 되었다.

그는 유주목 공손도를 죽이는 큰 공을 세우게 되었고, 연왕은 그 전공을 인정하여 장합을 중부 지역 사령관이자 대장군으로 임명하게 되었다.

장합은 자신의 주둔지인 방성현(方城縣) 일대를 다시 한 번 점검하기에 이르렀다.

그리고 북경의 동부 지역인 옹노현(擁奴縣)의 책임자는 대장군으로 승급한 태사자였다. 그 역시 조운의 지시를 받자 옹노현 일대의 방비를 더욱 강화하기에 이르렀다.

전군의 경계를 강화하라는 조운의 지시는 육군뿐만 아니라, 수군에게도 하달이 되었다.

그런 지시를 받은 대장군이자, 연왕부수군도독(燕王府水軍都督) 감녕은 청주(青州)의 북해(北海)에 주둔 중인 예하부대에 갑호경계령을 하달했다.

또한 요동의 관문격인 영구현(營口縣)에 주둔 중인 휘하 장수인 관해에게도 그런 지시를 내려 만전을 기하게 되었다.

이렇게 연나라는 갑작스러운 조조의 서주 침공에 단단히 대비하였다.

그러면서 한편으로는 기무요원들을 서주 일대에 잠입시켜

조조의 움직임을 예의주시하기에 이르렀다.

한편, 그로부터 며칠 후.

현재(194년) 조조가 통치하는 연주(兗州)는 무주공산이나 다름이 없었다.

조조는 새해가 되자 또다시 서주를 침공하기로 결정을 했다.

이에 그는 순욱과 정욱으로 하여금 견성(鄄城)을 지키면서 후방을 지원하라는 지시를 내렸다.

이때 진류태수는 장막(張邈)이란 자였다.

본래 장막은 의협심이 강하여 어려움에 처한 사람을 아무런 조건 없이 도와주었다.

그런 그의 기질이 여실히 드러나는 일화가 있었는데, 장막이 반동탁 연합에 참가했을 때였다.

당시 장막은 반동탁 연합의 맹주인 원소의 부당한 처사를 신랄하게 꾸짖었다.

그러자 체면과 위신을 중시하였던 원소는 그런 장막의 언행에 대노하였고, 조조로 하여금 그를 죽이도록 하였다. 하지만 조조가 오히려 원소를 꾸짖었다. 이 일로 조조와 장막은 막역한 관계로 발전하기에 이르렀다.

조조가 동탁을 홀로 추격하다 오히려 위기에 처하자, 장막이 휘하의 부장인 위자(衛茲)로 하여금 구원토록 하였다. 결과적으로 조조는 동탁에게 대패하였고, 위자는 전투 중에 죽고 말았다.

이것을 계기로 두 사람은 마치 수어지교(水魚之交)를 연상케 할 정도로 친분이 두터워졌다.

조조가 장막을 얼마나 신임하는지는 그가 작년(193년)에 서주를 침공하기에 앞서 자신의 가족들에게 '만약 내가 돌아오지 않으면 너희는 장막에게 가서 의지하라'고 말한 것만 봐도 알 수 있었다.

하지만 진류태수 장막은 지난해 조조가 서주에서 자행한 무자비한 살육의 참상을 전해 들었다. 그러자 그는 조조를 향한 마음을 거두어 버렸다.

그렇게 진류태수 장막이 앞으로의 일을 두고 심각하게 고민을 할 때였다.

연(燕)나라 사신단이 머물고 있는 객잔.

사신단의 정사(正使)인 만총과 부사(副使) 부간은 현재 진류에 머물고 있었다.

연왕 진수현에게서 밀명을 받은 두 사람이었고, 그 임무를 수행하기 위해 여포에게 만남을 청하는 배첩(拜帖)을 보내놓고 답이 오기만을 기다리고 있었다.

그러던 중에 마침내 여포의 책사인 진궁에게서 연락이 왔다.

사신단의 경호를 책임지는 방덕의 엄중한 호위를 받으며 객잔으로 향하는 두 사람이었다.

만총과 부간 두 사람은 원소에게서 도망쳐 진류 인근의 객잔에 머물고 있는 여포를 찾아갔다.

그 무렵 여포가 머물고 있는 객잔.

그 객잔의 뒷마당에서 상체를 드러내 놓고 무예를 수련중인 여포가 보였다.

부웅!

붕… 붕!

인중여포(人中呂布)란 말을 여실히 증명이라도 하는 듯 그가 방천화극을 한 번씩 휘두를 때마다 날카로운 파공음이 울렸다.

신기(神技)에 가까운 무예로 천하의 명성을 얻은 여포의 실력은 출중하였다.

그런 그의 곁에서 부인 엄씨와 첩 초선은 입가에 엷은 미소를 띄운 채로 바라보고 있었다.

여포는 일각 정도가 지나자 마침내 수련을 끝마쳤다.

그러자 그의 아내인 엄씨가 다가가더니 땀을 흘린 그의 몸을 정성스럽게 닦아주었다.

그렇게 여포의 부인 엄씨가 옷을 입는 것을 도와줄 무렵이었다.

여포는 객잔의 뒷마당으로 들어서는 이가 보이자 환하게 웃으며 응대했다.

"공대(진궁의 자), 어서 오시오."

나타난 진궁은 여포의 본처와 첩인 초선이 있는 것을 보게 되었다.

그런데 여포에게 인사를 하고난 진궁이 본처인 엄씨를 무시하며 초선에게만 살짝 고개를 숙여 보이는 것이 아닌가.

여포는 두 여인이 자신 옆에 있어 진궁의 그런 숨겨진 의도를 파악할 수가 없었다.

진궁이 여포의 본처인 엄씨를 무시하고, 첩에 불과한 초선에게만 인사를 하는 것은 나름의 이유가 있었다.

그러니까 여포와 진궁이 의기투합하고, 대사를 도모할 때였다.

그 일로 수시로 여포를 만나게 되었던 진궁이었다.

그런데 어느 날, 여포의 본처인 엄씨가 자신을 믿지 못할 사람이니 조심하라고 말하는 것을 엿듣게 되었다.

결과적으로 훗날 학맹과 함께 여포에 반기를 드는 진궁이었다. 그러나 그것은 아직 일어나지도 않은 훗날의 일이었고, 지금은 당연히 그런 말을 들으니 진궁의 기분이 상할 수밖에 없었다.

그러다 보니 자연스럽게 진궁은 여포의 본처 엄씨를 무시하게 되었다.

인사를 마친 진궁은 곧바로 여포에게 자신이 찾아온 이유를 말했다.

"여 장군, 연왕의 사신이 찾아왔습니다."

"연왕의 사신?"

"그렇습니다."

연왕 진수현이 작년(193년) 겨울에 등극을 했을 때 여포도 원소의 밑에서 식객으로 있었다. 그러기에 당연히 연왕이 누구인지 알고는 있었다.

하지만 그 연왕이 왜 떠돌이나 다름이 없는 자신에게 사자를 보내왔는지 도무지 알 수가 없어 되물었다.

"갑자기 연왕이 내게 사신을 보내다니, 무슨 일인지 아는 것이 있으시오?"

"저도 아직은 무슨 연유로 여 장군을 찾아왔는지 들은 바가 없습니다."

"여 랑, 어서 만나보세요."

초선의 말에 여포는 살짝 고개를 끄덕였다.

그녀는 지금껏 말은 안 했지만 오랜 떠돌이 생활에 지쳐 있는 상태였다. 그런 와중에 연왕의 사신이 찾아왔다고 하니 혹여나 여포에게 관직이라도 내리지 않을까 싶어 그처럼 재촉을 했다.

한편, 그 무렵 만총과 부간은 객잔의 내실에서 여포를 기다렸다.

그리고 그런 두 사람을 여포의 팔무장들이 응대하는 중이었다.

사신단의 정사(正使) 만총은 그들과 함께 시시콜콜한 얘기를 나누었고, 그러는 와중에 팔무장 중에서 수위를 다투는 장료(張遼)를 눈여겨보았다.

'대왕전하께서 장료를 눈여겨보라고 하시더니, 과연 군계일학이로구나…….'

만총이 이끄는 사신단은 이번 협상을 위해 이곳 진류로 떠나기에 앞서 연왕을 만나게 되었다.

그 자리에서 연왕은 여포의 무장들 중에서 장료를 거론하면서 그와 긴밀한 관계를 형성하라고 하였다.

만총은 막상 이곳에 도착하고, 여포의 팔무장들을 대면해 보니 다들 보통이 아니다 싶었다. 그러나 장료만 두고 보려니 나머지 일곱은 너무나 평범하게 느껴질 정도였다.

"크흠!"

갑자기 객잔의 내실 밖에서 인기척이 들려왔다.

그러자 모두들 자리에서 일어섰고, 안으로 들어오는 여포를 보게 된 만총이었다.

그들은 서로 간단하게 인사를 나누더니 각자의 자리에 앉았다.

성질 급한 다혈질이라는 것을 보여주는 듯 자리에 앉자마자 묻는 여포였다.

"연왕께서 무슨 일로 내게 사자를 보내신 것이오?"

"여 장군, 언제까지 이처럼 집도 절도 없이 떠돌아다니실 건지요? 저희 대왕전하께서 여 장군의 사정을 아시고서는 매우 안타까워하셨나이다."

그런 만총의 말이 끝나자 순식간에 내실의 분위기가 무거워짐을 느낄 수가 있었다. 어떻게 보면 여포의 치부일 수도 있는 말이었다.

그러자 진궁이 곧바로 그런 말을 맞받아쳤다.

"아직은 때가 무르익지 않아서 그렇습니다. 조만간 여 장군은 재기하실 겁니다."

그런 말에 만총은 겉으로는 아무런 내색을 하지 않았다.

그러나 연왕이 진류로 떠나기에 앞서 하였던 말이 떠올랐다. 그것은 바로 '저들이 조조가 없는 틈을 이용하여 반란을 도모할 것이다'라는 말이었다.

그런 생각을 하면서 만총은 연왕에게서 밀명을 받은 것을 제안하기로 했다.

"여 장군은 조조를 어찌 생각하시는지요?"

"그게 무슨 말인가?"

덤덤하게 말하는 여포였지만, 내심 그는 놀라는 중이었다.

이미 진궁과 함께 모종의 계획을 구상 중이었다. 그런데 만총이 노골적으로 조조에 대한 것을 물어오니 당연한 반응이었다.

"여 장군께서도 아시다시피, 조조는 지난해 서주를 무자비하게 도륙하였습니다. 한데, 올해 또다시 군을 동원하여 서주를 침공하였지요. 이를 어찌하실 요량인지를 여쭙는 것입니다."

"그런 것은 나도 아는 사실이네."

"그럼에도 여 장군은 왜 그런 무도한 조조를 가만히 두고만 보십니까?"

"그, 그야……."

여포를 비롯한 팔무장들과 책사 진궁은 삽시간에 표정이 굳어졌다.

그간에 준비하였던 거사 계획이 들통이 난 것으로 오해를 하여 다들 험악하게 분위기가 변해갔다.

그러나 잠시 시간이 지나자, 그들은 거사 계획이 발각되지 않았다는 것을 확신했다. 그것은 아직 구체적인 세부 계획조차 없었고, 오직 자신들만이 아는 계획이기 때문이었다.

그럼에도 그들은 만총의 물음에 머뭇거릴 수밖에 없었다.

만일 만총의 말을 무시하면 자신들은 인간의 도리조차도 모르는 무뢰배가 될 것이었다. 그런다고 거사 계획을 밝힐 수도 없는 난처한 순간이었다.

그런 분위기를 파악한 만총이 옆에 있던 부간을 보며 입을 열었다.

"그 함을 이리 주시게."

그러자 부간이 옆에 두었던 비단 보자기에 싸여 있는 것을 내밀었다.

만총은 여포를 만나기 위해 가지고 왔던 작은 함을 앞에 내려두었다.

그에 여포는 비단에 싸여 있는 그 함을 보며 물었다.

"이게 무엇이오?"

"저희 대왕전하께서 여 장군에게 드리는 작은 예물입니다."

"크흠… 뭘 이런 것을……."

여포는 만총이 말은 예물이라고 하였지만, 실상은 그것이 일종의 뇌물이라는 것을 알게 되었다. 탐이 나기는 했지만, 그럼에도 불구하고 수하들이 지켜보는 자리인지라 선뜻 받을 수가 없었다.

그런 것을 알고 있는 만총이었다.

그러기에 그는 여포의 부담을 덜어주기 위해 모두가 볼 수 있도록 비단 보자기를 풀어내더니, 붉게 옻칠한 함의 뚜껑을 열었다.

함을 열자 한눈에 보아도 진귀한 보물과 금, 은 등이 나타났다.

"오!"

여포의 팔무장들 중 우직한 성정의 장료와 고순은 함에 들어 있는 것을 보고도 가만히 있었다.

그러나 인물됨이 가벼운 학맹은 연신 감탄을 해대며 호들갑을 떨어댔다. 그런 학맹의 경박함에 다들 눈살을 찌푸리거나, 그와의 시선을 회피하여 버렸다.

연나라의 사신인 만총은 마음속으로 그를 비웃었다.

'대왕전하께서 학맹, 저자가 여포를 배신한다고 하더니…….'

만총은 여포를 만나러 오기에 앞서 연왕 진수현을 독대한 적이 있었다. 그 자리에서 연왕은 몇 가지 조언을 해주었는데, 그 조언 중에 학맹에 관한 것도 있었다.

당시 만총은 연왕을 만난 기간이 짧았기에 그런 말을 듣고도 반신반의하였다.

그러나 자신의 오랜 친우인 유엽을 통해 연왕에 대한 것들을 알게 되자 그런 생각을 지워 버렸다.

만총은 지금 학맹의 가벼운 언행을 보게 되자, 그가 여포를 배신할 것이란 연왕의 말에 확신이 생겼다.

세상에 공짜 싫어하는 사람이 없다는 것을 보여주듯, 뇌물을 받은 여포가 친근하게 만총에게 말했다.

"일간 다시 연통을 드릴 것이니, 오늘은 객잔으로 돌아가서 쉬시지요."

"그럼 좋은 소식이 오기만을 기다리겠습니다."

연나라의 사신단은 자리에서 일어나 밖으로 나갔다.

잠시 기다리던 여포가 함에 담겨져 있던 금, 은 보화를 한 움큼씩 집어 들더니 머릿수만큼 균등하게 배분을 했다.

"그동안 내 밑에서 고초가 컸다는 것을 알고 있었다. 많지는 않지만 받아두어라."

"여 장군, 지금은 그런 사소한 일에 재물을 쓰실 때가 아닙니다."

"이보시오, 공대(진궁의 자). 여기에 있는 여덟 장수들은 오랜 기간 동안 나와 동고동락하였던 자들이오. 이들에게 재물을 내리는 것이 어찌 사사로운 일이라고 하는 것이오!"

"크흠, 제가 그만 실언을 하였습니다."

곧바로 여포에게 사과를 하는 진궁이었다. 하지만 그의 속마음은 행동과는 달랐다.

지금이 어느 때이던가, 조조가 연주를 비운 이때를 이용하여 한시라도 빨리 거병을 해야 할 때라고 여기는 진궁이었다.

그렇다면 응당 만총이 주고 간 재물을 거사에 필요한 군비로 사용해야 할 것이라고 여겼었다. 그런데 믿는 것은 오로지 힘뿐인 여포인지라 그런 깊은 사정을 알지 못하고 있었다.

'지금은 내가 참는 수밖에 없구나.'

진궁은 그처럼 생각하며 자리에서 일어섰다.

그러자 여포가 그를 바라보며 물었다.

"공대는 어디를 가시려고 그러시오?"

"조조가 서주로 떠나면서 진류태수 장막에게 뒷일을 부탁하였습니다. 그러니 어떻게든 그를 설득하여 우리 사람으로 만들어야만 합니다."

"그렇군. 학맹, 앞으로 네가 공대의 경호를 맡아 보거라."

"제, 제가 말입니까?"

"왜? 싫으냐?"

"아, 아닙니다."

자리에서 일어서는 학맹은 상당히 불쾌한 기분이었다.

명색이 자신은 장료와 고순 다음의 서열이라고 자부하였다. 그런데 그런 자신의 위치를 몰라주고, 여포는 먹물이나 먹은 놈의 경호를 책임지라고 하니 당연히 기분이 좋을 리가 없었다.

그렇게 진궁과 학맹은 객잔을 나가 어디론가 향했다.

이때 여포는 꿈에도 몰랐다. 훗날 진궁과 학맹이 서로 작당하여 자신에게 대항하는 반란을 일으킬 것이란 사실을 말이다.

이틀 후.

오경(五更: 하룻밤을 다섯 부분으로 나누었을 때의 마지막 부분. 새벽 3시에서 5시 사이) 무렵.

따악!

“불조심!”

야심한 새벽, 진류 성내를 돌아다니며 불조심을 하라면서 소리치는 순라꾼들이었다. 거리는 인적이 없었고, 사방에 불빛조차 없는 야심한 시각이었다.

그러나 유독 한곳만은 환하게 불이 밝혀져 있었다.

순라꾼들은 그곳이 진류태수 장막의 동생인 장초(張楚)의 저택이고, 며칠 전에 장초의 두 번째 부인이 죽었다는 것을 알고 있었다. 비록 두 번째 부인이지만, 장초가 본처를 사별한 후에 받아들인 아내인지라 실상은 정실부인이나 다름이 없었다.

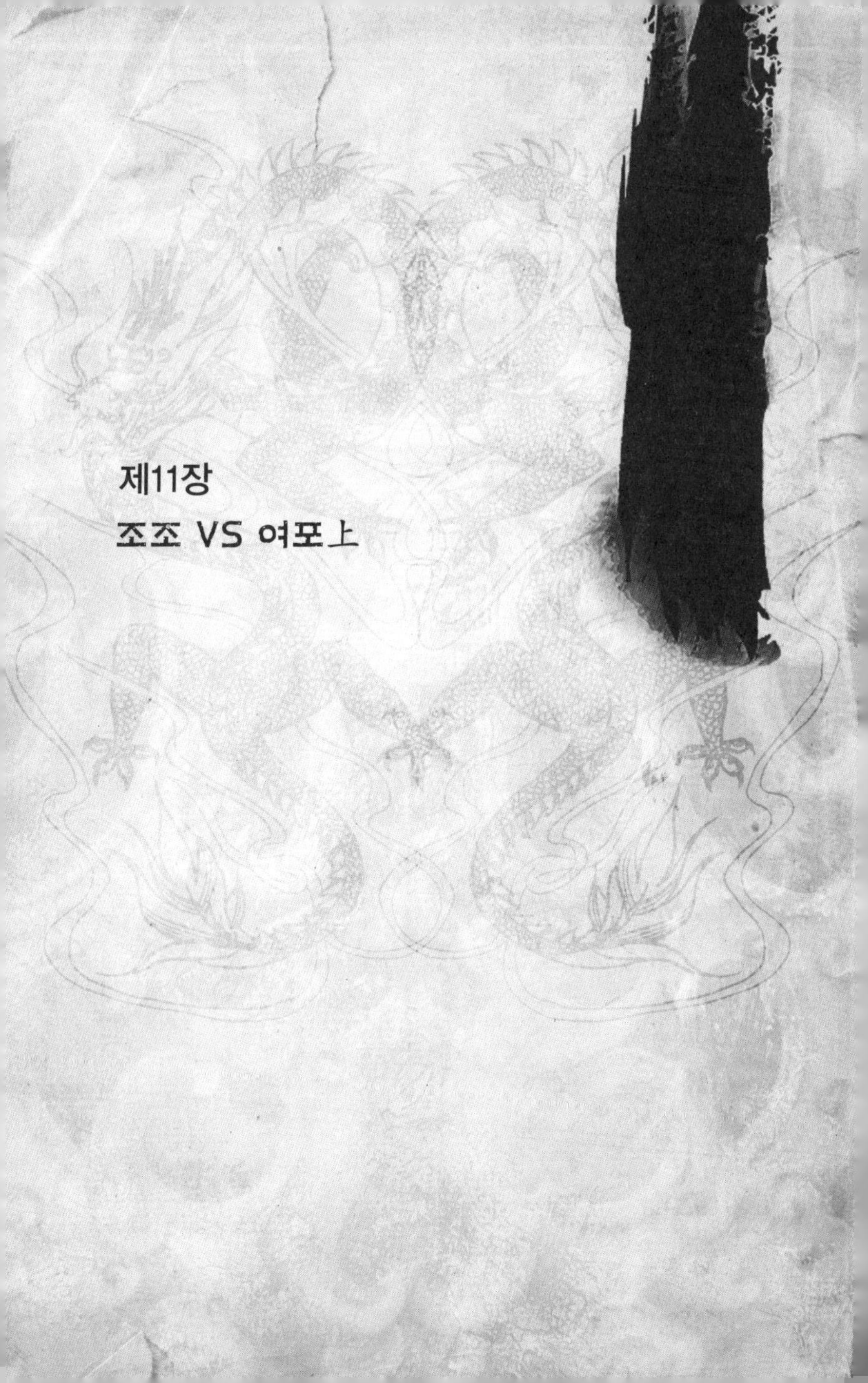

제11장

조조 VS 여포上

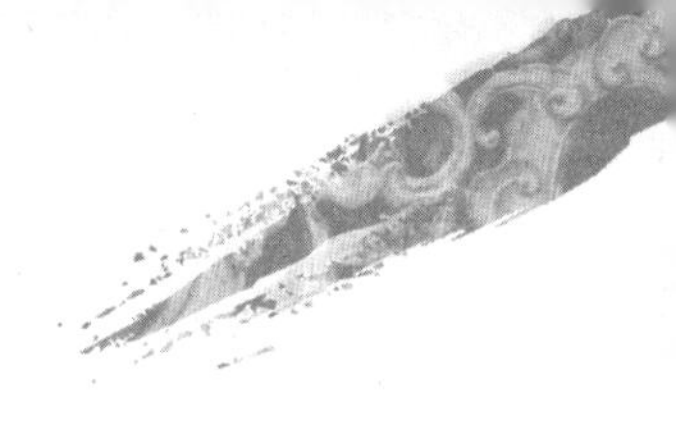

진류태수의 동생인 장초(張楚)는 아내의 부음 소식을 곳곳에 전하였다.

그러기에 대문 기둥에는 상(喪) 중임을 나타내는 유등이 환하게 밝혀져 있었다. 또한 죽은 사람이 진류태수의 동생 부인이라는 것이 알려졌다.

그러자 장초의 집은 문상객들로 붐볐다.

장초는 하루 온종일 문상객들을 맞이하다가, 밤이 깊어서야 겨우 쉴 틈이 생겨 내당의 별실로 향했다.

사람들로 붐볐던 외당과는 다르게, 내당의 별실로 가는 길은 인적이 없었다.

은은하게 들려오는 바람 소리를 온몸으로 맞으며 걷던 장초가 문 앞에서 낮게 인기척을 냈다.

"크흠!"

문을 열자 이내 자신의 형과 진궁을 비롯하여 몇몇의 사내들이 방 안에 있는 것이 눈에 들어왔다.

"아우님, 수고하시었네."

그러자 뒤를 돌아본 장초가 주변을 두리번거리며 살피더니 별실로 들어갔다.

그러고는 자리에 앉자마자 앓는 소리를 해댔다.

"이거 있지도 않은 두 번째 아내의 초상을 치르려니, 고역이 따로 없습니다."

"고생하십니다."

진궁이 그처럼 말을 하며 장초의 노고를 위로해 주었다.

그랬다.

이 모든 것은 장초가 꾸민 짓에 불과하였고, 실제로 그에게 두 번째 부인은 존재하지도 않았다.

장초는 열넷, 어린 나이에 혼인을 하였다.

그러나 그의 부인은 혼인하고 얼마 되지 않아 세상을 떠나고 말았다. 그러기에 슬하에 자녀도 없는 장초였다. 그럼에도 장초가 존재하지도 않은 두 번째 부인을 위해 거짓으로 상(喪)을 꾸민 것은 그만한 연유가 있었다.

장초는 진궁의 조언에 따라 그처럼 거짓으로 상을 당한 것으로 꾸몄다.

그 덕분에 진류태수 장막은 너무나 자연스럽게 자신의 동생 부인의 죽음에 조문을 가게 되었다. 그 덕분에 이처럼 혹시라도 모를 감시를 피해 진궁과의 만남이 자연스럽게 이루어지게 되었다.

안주인 없는 내당의 심처에 존재하는 별실.

그곳에서 그들은 둥그렇게 자리를 잡고 앉아 무언가 심각하게 논의 중이었다. 그 자리에서 오고간 내용은 당연히 조조의 서주 대학살을 성토하는 것이었다.

진궁과 태수의 동생 장초는 서로 죽이 척척 맞았고, 조조의 무도함을 비난하는 것에 망설임이 없는 듯하였다.

"이제 때가 되었습니다!"

진궁의 단호한 외침이 터져 나왔다.

그러자 그 자리에 함께 있었던 진궁의 경호를 책임지는 학맹을 비롯하여 장초, 허사(許汜), 왕해(王楷) 등의 표정이 상기되어 갔다.

그런데 진류태수 장막은 여전히 굳은 표정이었다.

진궁은 이번 거사에서 가장 중요한 인물이 바로 태수라는 것을 잘 알기에 입을 열었다.

"태수님, 무슨 근심이라도 있으신지요?"

"자네의 뜻은 나도 잘 아는 바일세. 하나, 조조는 내 오랜 동기이자 상관이기도 하네. 그런 조조를 내가 어찌 죽일 수 있다는 것인가?"

진류태수의 그런 말에 자리에 참석했던 자들의 표정이 순식간에 굳어졌다.

만약 태수 장막이 이번 거사에 반대한다면 실패는 불을 보듯 뻔했기 때문에 다들 표정을 풀지 못했다. 그도 그럴 것이 조조가 연주에 정착한 것은 얼마 되지도 않았다.

조조가 나타나기 전까지만 하더라도 연주를 통치한 자가 바로 장막이었다. 그러다 보니 여전히 연주에 속한 군현의 향리들은 장막을 따르는 자들이 많았다.

그런데 장막이 이번 거사에서 빠진다면 엄청나게 타격을 받을 것이었다.

그런 사정은 진궁이라고 해서 모를 리가 없었다. 그러기에 그는 다급하게 자신의 의견을 주장했다.

"태수님, 이미 여러 영웅들이 들고일어나 천하가 사분오열되었습니다. 태수님께서 손에 칼만 쥐고 휘두르지 않는다면, 이는 죄 없이 무참히 죽어간 서주의 백성들을 외면하는 것이나 다름이 없습니다."

그런 말에 두 눈을 질끈 감아버린 진류태수 장막이었다.

평소 의협심이 강했던 장막이었고, 그런 그에게 있어 지난해 조조가 보여주었던 서주의 대학살은 결코 용납할 수 없는 일이었다.

그런 진류태수 장막의 고뇌에 찬 모습을 보게 된 진궁이었다. 안타까운 마음이야 들었지만, 진궁 그는 지금이 기회라고 생각하며 말을 이어갔다.

"조조는 동쪽의 서주를 차지하기 위해 저러고 있습니다. 그러니 지금 연주는 텅텅 비어 있습니다."

그러자 진류태수 장막이 그런 말에 동조하는 듯 살짝 고개를 끄덕거리며 경청하는 태도를 보여주었다.

그런 그의 모습에 고무된 진궁이었고, 조금만 더 설득을 하면 넘어올 것만 같았다.

그때 지금까지 조용히 자리를 지키고 있었던 태수의 동생 장초가 나섰다.

"형님, 누가 있어 감히 여포를 상대할 수 있겠습니까? 여포와 함께 연주를 장악하고, 천하형세를 주시하며 때가 오기를 기다린다면 능히 한 시대를 종횡할 수 있을 것입니다."

"여포라……."

진류태수 장막은 여포라는 말을 듣자, 조건반사적으로 자연스럽게 떠오르는 것이 있었나.

그것은 배신의 대명사가 바로 여포라는 것이었다.

만약 여포 그를 받아들인다면, 훗날 자신 또한 그에게서 배신을 당하지 말란 법이 없었다.

'여포가 꺼림칙하지만… 지금으로서는 마땅한 인물이 없구나.'

진류 태수는 잠시 고민을 하다 고개를 들었다.

그런데 진궁이 먹이를 노리는 맹수처럼 날카로운 눈빛으로 자신을 바라보는 것이 아닌가.

그런 눈빛이 부담스러워 자신도 모르게 헛기침을 하는 태수 장막이었다.

"크흐흠… 알겠네, 자네 뜻에 따르겠네."

"감사합니다! 태수님!"

이렇게 하여 진류태수 장막은 여포를 받아들이게 되었다.

이로서 오갈 곳이 없어 방랑하던 여포는 하룻밤 사이에 연주자사에 추대가 되었고, 화려하게 재기에 성공하게 되었다.

연(燕)나라 사신단은 또다시 여포의 부름을 받았다.

그에 사신단의 정사(正使) 만총은 그가 머무르고 있는 객잔으로 다시 향하였다.

그곳에서 진궁을 만나게 된 만총이었다. 그는 진궁의 입을 통해 놀라운 사실을 접하게 되었다.

진궁은 이번 거사에 진류태수가 합세를 하기로 결정이 되었다고 전해주었다. 그러면서 여포가 조조를 대신하여 연주자사가 되었다고 말했다.

그러자 만총이 여포를 향해 공손히 인사를 했다.

"감축 드립니다. 자사님."

"하하하, 고맙소이다."

"그런데 저희를 이처럼 부르신 연유는 따로 있는 것 같습니다만?"

딸그락!

만총의 그런 말에 진궁이 마시던 찻잔을 서탁에 내려두며 말했다.

"조조 때문에 지금 연주에는 병사들이 턱없이 부족하오. 혹여, 연왕전하께서 병사들을 지원해 주실 수 있으시겠소이까?"

"아시는지는 모르겠지만, 바로 작년까지 연왕전하와 유주목 사이에 치열한 전쟁이 있었습니다. 그런 이유로 병사들은 저희도 턱없이 부족한 형편입니다. 병사는 어렵지만, 재물이라면 넉넉히 지원을 해드릴 수 있습니다."

"저도 그런 소문은 들었습니다. 혹시나 해서 드린 말씀입니다. 그나마 재물이라도 넉넉히 지원을 해주신다니 앞으로 큰 힘이 되겠습니다. 감사합니다."

"별말씀을 다 하십니다."

지금 만총은 표정 변화 없이, 덤덤한 얼굴로 거짓말을 하고 있었다.

만총은 지난해 있었던 유주목 공손도와의 전투를 거론하였고, 그러면서 그 여파로 병력이 부족하다고 말하였다.

그러나 이는 사실을 말함으로써 거짓을 숨기는 절묘한 계책이라고 할 수 있었다.

진궁은 자신도 이미 지난해에 그런 소문을 들었다.

그러기에 당연히 병사들이 부족할 것이라고 예상을 하였다. 그럼에도 그처럼 말한 것은 더욱 많은 물자를 지원받기 위한 속셈이었다.

그러나 연왕(燕王)으로 등극한 수현은 전혀 병력이 부족하지 않았다. 그가 마음만 먹는다면 얼마든지 지원을 해줄 수도 있었다.

하지만 만총은 굳이 여포와 진궁의 모반에 연나라 병사들이 죽는 것을 원하지 않았고, 그런 이유로 진실과 거짓을 교묘히 섞으면서 껄끄러웠던 그 순간을 모면하게 되었다.

그렇게 거사의 모든 계획이 세워지게 되자 만총은 사신단을 이끌고 귀국길에 올라야만 하였다. 그런데 아직 연왕이 지시한 것 중에 완수하지 못한 것이 있었다.

만총은 장료를 떠올렸다.

'아쉽구나, 장료와 어떻게든 연결 고리를 만들어 두어야 하는데…….'

만총은 여포 휘하의 무장인 장료와 끝내 인연을 만들지 못한 것이 너무나 아쉽기만 하였다.

만약 자신이 장료를 직접 눈으로 보지 못했더라면 이토록 아쉽지는 않았을 것이라고 여겼다. 그러나 이곳 진류에서 장료를 보게 되었고, 그는 보면 볼수록 탐나는 인재였다.

하지만 지금은 여포에게서 장료를 빼내올 방법이 없었다.

'이번에는 이렇게 돌아가야 하는구나… 인연이 있다면 언젠가 만나겠지.'

그렇게 아쉬움을 뒤로하고 객잔을 나온 만총이었고, 그는 곧바로 귀국길에 올랐다.

이후 진류태수 장막은 여포를 연주자사에 추대하였고, 여포의 무위를 두려워한 연주의 대부분의 군현이 항복을 할 수밖에 없었다.

그중에 조조가 후방을 책임지라고 하였던 곳만 남게 되었다. 연주에서 조조를 따르는 곳은 순욱이 지키고 있는 견성(鄄城), 정욱이 지키는 동아(東阿)와 범(范) 등의 3개의 현(縣)에 불과하였다.

수십일 후.

여포는 빠르게 연주 일대를 장악하였다.

그런 소식은 서주의 하비로 향하던 조조에게도 전해지게

되었다.

이때 조조는 연주(兗州) 산양군(山陽郡) 호릉현(湖陵縣)에 도착한 상태였다.

후두둑!

후두둑!

오랜만에 봄비가 내리는 소리가 막사의 지붕을 때려댔다. 봄비치고는 지난해 극심하였던 가뭄을 해갈할 정도로 많이 내렸다.

그 때문에 조조가 통치하는 호릉현의 전답(田畓)에서 일하는 농부들의 표정은 밝기만 하였다.

그러나 조조의 마음은 그러지가 못했다.

막사의 서탁 앞에 앉아, 팔짱을 낀 채로 무언가 깊은 고민에 잠겨 있는 조조였다.

덩그렇게 홀로 막사 안을 지키고 있는 그였다.

'여기서 유비가 지키고 있는 소패까지는 고작…….'

조조는 이곳 호릉현에서 유비가 지키는 소패(小沛)까지의 거리가 120여 리(里)에 불과하다는 생각을 했다.

마음 같아서는 작년처럼 파죽지세로 서주(徐州)로 쳐들어가서 도겸을 잡아 죽이고 싶었다. 하지만 작년과 달리 올해는 사정이 그리 녹녹하지 않았다.

솔직히 조조는 서주의 도겸 따위에게는 관심조차 없었다. 그가 지금 가장 걱정하는 것은 예주자사(豫州刺史) 서서(徐庶)였다.

지금 예주자사 서서는 소패 인근에 위치한 패군(沛郡) 풍현(豐縣)에 3만의 병사들을 주둔하여, 조조가 함부로 날뛰지 못하도록 견제하고 있었다.

'내가 예주로 넘어간다면 서서에게 명분만 제공해 주는 꼴이겠지… 답답하군.'

조조는 예주자사 서서가 흠차관. 아니, 이제는 연왕(燕王)이라고 자처하는 수현의 사람이라는 것을 잘 알고 있었다.

쾅!

쾅!

갑자기 거칠게 서탁을 내려치는 그였다.

"빌어먹을!"

이때(194년)는 후한(後漢)의 통치가 유명무실해진 지 오래된 시기였다.

장안의 황제는 나이가 어렸고, 그를 차지하기 위해 피터지게 싸우는 것이 일상일 정도였다.

그러다 보니 자연히 각 주의 상황에는 관심이 없었다.

후한(後漢) 흥평(興平) 원년(194년).

이때 후한의 정세는 극도로 혼란스러웠고, 각지에서 일어난 군웅(群雄)들이 할거(割據: 땅을 나누어 차지하고 굳게 지킴)하던 시기였다.

그들 중에 특히나 야심이 많은 자가 조조였고, 당연히 이런 기회를 이용하여 자신의 이름을 세상에 널리 떨치고 싶었다.

조조는 자신을 돕는 많은 인재들이 있었고, 몇 해 전에 거두어 들였던 청주병은 자신의 기대에 충실히 부응할 정도로 대단하였다. 그래서 조조는 부친의 죽음을 이용하여 서주를 차지하고 싶었다. 하지만 작년에 극심한 가뭄으로 군량이 부족해지자 부득이하게 철군을 해야만 하였다.

조조는 또다시 작년에 이어 올해도 서주(徐州)를 침공하게 되었다.

이번 원정은 하늘이 돕는 것인지 지난해의 가뭄을 해갈할 정도로 강수량은 풍부하였다.

하지만 조조가 쉽사리 유비가 지키는 소패를 공략하지 못하는 이유는 따로 있었다. 그것은 바로 예주자사(豫州刺史) 서서가 동원한 3만의 군이 마음에 걸리기 때문이었다.

조조는 서탁 위에 펼쳐둔 지도를 뚫어져라 바라보았다.

그는 자신이 현재 위치한 곳이 연주(兗州) 산양군(山陽郡) 호릉현(湖陵縣)이고, 유비는 남쪽으로 120여 리(里) 떨어진 곳에 위치한 소패(小沛)에 주둔 중이란 것을 다시 한 번 상기했다.

그리고 현재 서서가 지키고 있는 예주(豫州) 풍현(豊縣) 또한 소패와 비슷한 거리에 위치했다.

"휴우… 정족지세구나……."

조조는 지도를 보면서 그처럼 중얼거렸다.

'만약 유비가 예주자사에게 도움을 청한다면…….'

그런 가정을 하게 되자 조조는 자신도 모르게 고개를 가로 저었다.

아무리 생각을 해보아도 서서를 움직이지 못하게 만들 방안이 떠오르지가 않았다.

그렇게 골몰히 타개책을 생각하던 순간이었다.

"주공, 접니다!"

"들어오시게."

조조는 막사 밖에서 참모 곽가의 음성이 들려오자 상념에서 벗어났다.

그런데 무슨 급한 일로 자신을 찾아왔는지는 몰라도 곽가의 행색이 말이 아니었다. 그의 얼굴은 땀으로 흥건하였고, 단정하게 의관을 차려입었던 평소의 모습과는 달라보였다.

"이보게, 무슨 일이 있는가?"

"주공! 큰일 났습니다!"

"큰일이라니!"

곽가의 다급한 외침에 덩달아 놀란 조조가 자리에서 벌떡 일어났다.

그러자 곽가는 손에 들고 있었던 죽간을 내밀면서 말했다.

"조금 전 제가 아문으로 들어서는 전령에게서 받은 보고문입니다. 보시지요."

그러자 조조는 그 죽간 보고문을 받아서 빠르게 읽어가기 시작했다.

참고로 조조가 곽가를 얼마나 신뢰하는지가 이런 상황에서 잘 나타나 있었다.

조조는 비상할 정도로 머리가 뛰어났고, 다방면에 그 재능이 두각되었다. 너무나도 유명한 손자병법(孫子兵法)에 주석을 달았던 그였고, 훗날 맹덕신서(孟德新書)라는 병법서를 편찬할 정도였다.

그만큼 조조는 다방면에 뛰어난 희대의 영걸(英傑)이 분명하였고, 당연히 군문의 위계질서를 확립하는 것은 철저한 상명하복이라고 생각을 해왔었다. 그러기에 조조는 전령들로 하여금 자신에게 직접 보고를 하도록 하였다. 다만, 자신이 믿는 곽가를 비롯하여 순욱, 정욱 등은 예외로 인정을 해주었다.

그러기에 곽가는 우연히 군문(軍門)으로 들어오는 전령을 보게 되었고, 조조보다도 먼저 소식을 접할 수 있었다.

재빠르게 전령이 전해준 보고문을 읽은 조조는 표정이 잔뜩 굳어졌다.

아무리 내색을 하지 않으려고 하였지만, 자신의 기반이자 근거지인 연주(兗州)에서 반란이 일어났다는 순욱의 보고에 침착할 수가 없었다.

"이, 이보게."

"예, 주공."

"정녕 이게 사실인가? 아니지?"

곽가는 자신도 조조의 말처럼 거짓 보고이기를 바라였다. 그러나 다른 이도 아니고, 노련한 순욱이 전해온 보고라면 확실하였다.

"주공! 심기를 굳건히 하셔야만 합니다!"

그러자 곽가에게서 몸을 돌려 버리는 조조였다.

조조는 차마 곽가의 면전에서 자신의 비참한 몰골을 보일 수가 없었다.

잠시 그런 조조의 등을 지켜보던 곽가는 어렵게 말을 꺼냈다.

"주공, 속히 연주로 돌아가셔야만 하옵니다!"

"돌아간다고… 어디로 가야한다는 것인가?"

그런 물음에 곽가는 정욱이 지키고 있는 동아현(東阿縣)으로 가서 상황을 파악하여야만 한다고 하였다.

그러자 조조는 힘없는 말투로 승낙을 했다.

그에 곽가는 즉시 막사를 나가 전군에 회군하라는 지시를 하달하게 되었다.

며칠 후.

연주 일대가 여포에게 거의 점령을 당했다는 소식을 듣자 회군한 조조였다.

그는 밤낮을 가리지 않고 강행군하여 정욱이 지키고 있는 동아성(東阿城)에 도착하게 되었다.

조조는 관청의 조당에 들어서자마자 정욱에게 자세한 전황을 물었다.

"여포는 어찌하고 있는가!"

그러자 정욱이 침통한 표정으로 답하기 시작하였다.

"현재 여포는 연주 일대를 거의 차지하였습니다. 주공을 따르는 곳이라고는 제음군에 속하는 몇 개의 현만이 남아 있을 따름입니다."

"어찌 내가 자리를 비웠다고 이리도 쉽게 연주 일대가 여포 그놈에게 넘어갈 수 있다는 것인가!"

"그것이……."

정욱은 조조의 그런 호통에 차마 답을 할 수가 없었다.

다른 이도 아니고 조조의 오랜 동기인 장막이 이번 일에 관여 되었다는 것을 말할 용기가 나지 않았다.

그러나 조조가 재차 다그치자, 정욱은 잠시 머뭇거리더니 그간의 일들을 상세히 보고했다.

조당에 있던 조조는 그런 얘기를 듣자 믿기지가 않았다.

"그럼 이번 반란을 꾸민 자가 진궁과 태수 장막이란 것인가!"

"그러하옵니다."

"진! 궁! 이 때려죽일 놈이 끝내 내 뒤통수를 치는구나!"

조조는 진궁이라는 이름이 거론되자 그와의 지난 일들이 떠올랐다.

그러니까 몇 년 전, 조조가 낙양에서 동탁을 암살하려다가 실패하였던 그 무렵이었다.

당시 조조는 후한이 두려워 낙양에서 도망쳤고, 그러는 와중에 우연히 진궁을 만나게 되었다.

두 사람은 서로 뜻이 맞아 동행하게 되었다.

그런 후 진궁은 연주의 자사였던 유대가 2차 황건적의 난을 진압하다가 전사하였다는 것을 알게 되었다. 그러자 진궁은 연주의 호족인 포신, 장막 등을 설득하였고, 그의 노력 덕분에 조조는 연주자사에 추대되었다.

그렇게 진궁은 조조가 연주자사가 되는 것에 혁혁한 공을 세우게 되었고, 당연히 그의 입지 또한 조조 군(軍) 내에서 확고부동하게 되었다.

그런 진궁이 갑자기 조조를 버리고, 여포에게로 돌아선 이유는 당연히 서주의 대학살이 지대했다.

조조 또한 진궁이 자신의 그런 잔인한 면모에 실망했다는 것을 알고는 있었다. 그럼에도 진궁을 모른척 지켜만 본 것은 그간의 공이 있었기 때문이었다.

그런데 불길했던 생각은 여지없이 들어맞았고, 이처럼 제대로 뒤통수를 맞을 줄은 몰랐었다.

조조는 진궁과 오랜 친우인 장막이 자신을 배신한 것으로도 충격이 큰데, 설상가상으로 연주의 대부분을 잃었다는 사실에 크게 낙담했다.

"이보게, 중덕(정욱의 자)."

"예, 주공."

"원소에게 사신을 보내어 내가 귀순을 하고자 한다고 전해주시게."

"예? 지금 원소 밑으로 들어가겠다고 하셨습니까!"

"지금으로서는 어찌할 도리가 없지 않은가? 그나마 식솔들을 볼모로 제공해서라도 이 위기는 모면하고 봐야지."

마치 내일 죽을 사람처럼 힘없이 말하는 조조였다.

그러자 정욱이 조당의 중앙으로 나가더니 조조에게 엎드렸다.

놀란 조조가 자리에서 벌떡 일어나며 소리친다.

"중덕! 이게 무슨 짓인가! 어서 일어나게!"

정욱이 조조를 향해 무릎을 꿇자, 그 자리에 참석했던 곽가 또한 엎드렸다.

그러자 조조의 장남 조앙을 비롯하여 하후돈, 조인, 하후연, 전위 같은 무장들도 엎드렸다.

"어허! 다들 왜 이러는 것인가!"

그러자 엎드려 있던 정욱이 울분을 간신히 참는 듯 떨리는 음성으로 말하기 시작했다.

"주공! 병가에서 승패라는 것은 일상처럼 있는 일이라고 하였습니다. 한데, 주공께서는 어이하여 단 한 번의 실패에 이토록 좌절을 하시는 것입니까!"

"이보게, 중덕. 내가 무슨 수로 여포를 상대할 수 있겠는가?"

"천만다행으로 서주로 향했던 병력이 고스란히 남아 있습니다. 또한 이 자리에 있는 여러 제장들이 죽기를 각오하고 여포를 상대할 것입니다! 그러니 주공께서 심기를 굳건히 하신다면, 능히 폐륜아 여포를 처단하실 수 있을 것입니다!"

"주공! 부디 저희의 청을 외면하지 마시옵소서!"

정욱의 말에 이어 곽가마저도 그처럼 말했고, 조당에 엎드려 있던 여러 무장들도 한목소리로 청을 외면하지 말아달라고 애원했다.

조조는 한순간 원소에게 의지하려고 하였던 나약한 마음을 가졌던 자신이 너무나도 부끄러웠다.

그는 조당을 돌아다니면서 여러 무장들을 손수 일으켜

주었다.

"그대들의 열망을 잠시나마 망각한 것을 몹시도 부끄럽게 생각한다!"

그러더니 조조가 허리에 차고 있던 검을 빼 들어 서탁에 힘차게 내리꽂았다.

쾅!

"이 자리에서 나 조조는 맹세하는 바이다! 어떤 어려움이 있더라도 여포를 반드시 처단하여 오늘의 한을 씻을 것이다!"

조조가 그처럼 소리치자 조당에 엎드려 있던 자들의 표정이 일시에 환해졌다.

그렇게 조조는 잠시나마 원소에게 의지하려고 하였던 나약한 마음을 정욱 덕분에 다잡을 수 있게 되었다.

조조는 즉시 군을 동원하여 순욱이 지키고 있는 연주(兗州)의 견성(鄄城)으로 진군했다.

한편, 그 무렵의 여포.

파죽지세(破竹之勢)!

반란에 성공하여 연주자사에 추대된 여포였다. 그가 연주 일대를 장악하는 것은 마치 대나무가 쪼개지는 것처럼 막힘이 없었다.

그렇게 연주 일대를 빠르게 장악하던 여포였지만, 내심 조조가 마음에 걸리는 것도 사실이었다.

그러기에 여포 그는 연주(兗州) 동군(東郡) 복양현(濮陽縣)으로 군을 이끌고 들어가게 되었다. 그렇게 여포는 복양성(濮陽城)에서 조조가 오기만을 기다렸다.

그러던 어느 날이었다.

여포가 있는 관청 조당의 문이 벌컥 열렸다.

그러자 모두들 열린 문이 있는 곳으로 시선이 향했고, 사냥꾼으로 위장한 정탐인 5명이 보였다.

그들을 보자 진궁이 다급히 물었다.

"무슨 일이냐!"

"이곳에서 십여 리 떨어진, 동쪽 방면에 조조 군이 나타났습니다!"

"규모는!"

"선봉장은 일만의 병력을 이끄는 조인이란 자이고, 조조가 이끄는 본대는 아직 나타나지 않았습니다!"

"수고하였다. 가서 쉬거라."

정탐인들에게 그처럼 말한 진궁이었고, 이내 고개를 돌려 상석에 있는 여포를 보며 말했다.

"여 장군! 즉시 조조 군을 요격하셔야 하옵니다!"

"그게 무슨 소리요?"

"지금 조조는 연주를 잃어 다급합니다. 그러니 잠시도 쉬지 않고 강행군을 했을 것입니다. 그러니 군을 이끌고 나가서 싸우셔야 합니다."

진궁의 그런 말에 여포를 따르는 팔무장들도 고개를 끄덕거리며 동조하였다.

자신들은 복양성에서 충분히 쉬었다.

비록 조조의 군이 수적으로 우세하다고는 하여도, 먼 길을 왔을 적들은 피곤할 것이니 충분히 이길 수 있다고 생각하였다.

『삼국지 더 비기닝』 7권에 계속…

초대형 24시 만화방

신간 100%, 샤워실, 흡연실, 수면실(침대석), 커플석, 세탁기 완비

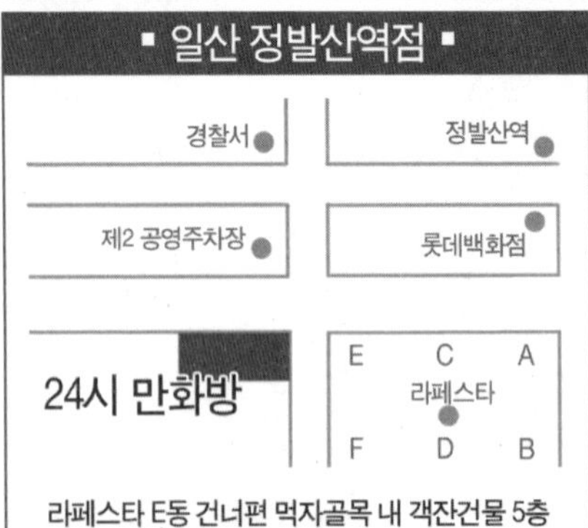

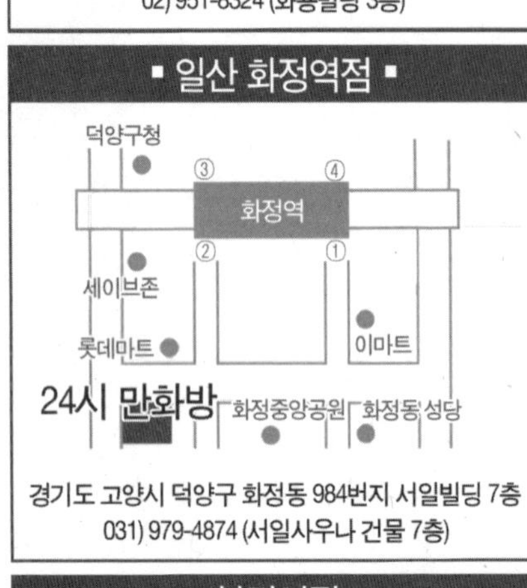

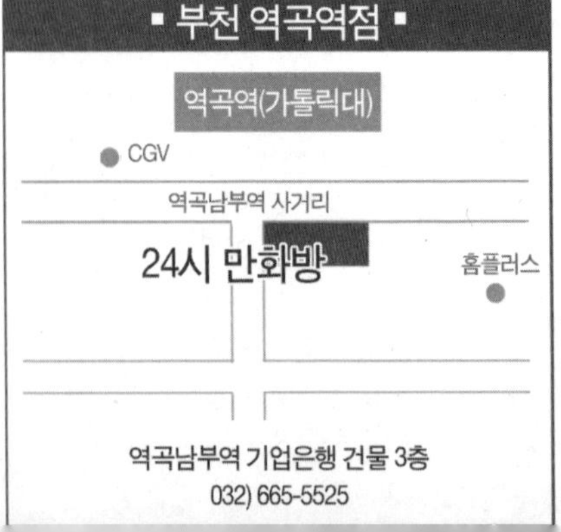

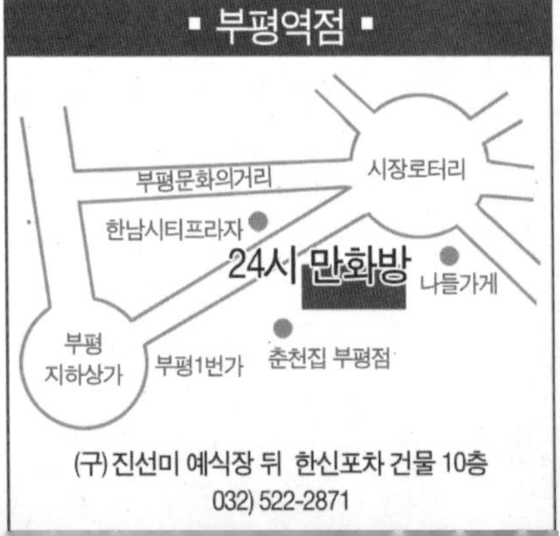